陳超明 著

一句英文
看天下

閱讀英文小說、電影、歌曲

序

　　閱讀一首詩，看一場電影或是聽一首歌，有時在剎那間，就是那麼簡單的一句話觸動了我們心靈。《一句英文看天下》就是在這種感動中產生的。

　　不管是東方哲學家，如孔孟，或是西方智者，如蘇格拉底或伯拉圖，留給我們的智慧，大都存在一些精采話語，有時就是短短的一句話。

　　這一句話啟發了某個學者、某個思想家、某個領導人物、某個企業大老，給他們靈感、給他們智慧，開創不同的時代，也啟動人類的文明。讓我們觀天下、治天下，就從這一句話開始！

　　幾年前的中午，跟當時聯合報的羅國俊總編輯（現在的聯合晚報社長）聚餐，他提到一句話的力量。經過一、兩年的沉澱與思索，在當時教育版的孫蓉華組長協助下，醞釀了聯合報教育版「一句話看天下」的專欄，感謝當時羅總編輯與孫組長的提點。

　　這個專欄持續了將近兩年，每週日晚上交稿，幾乎毀掉這兩年週末的悠閒。從「想到那一句話」到「動筆寫下自己的感想」，內心總是衝突不斷：應該要回應時事？

批判社會？創造新思維？提供多元看法？純美學或文學解析？抑或是語言分析與學習？總是到了星期日晚上交稿的時間逼近，才沈澱下來，接近午夜時分，才敲完電腦鍵盤。

這兩年重讀了不少作品、看了不少電影、聽了不少歌。一點一滴地幫助自己建構對外在環境的一些觀點與看法。感謝這些藝術家、文學家與哲學家，給我這兩年的心靈洗禮。

要將這些短篇集結成冊，有如跟「這兩年」說再見！心中壓力頓時解開，但是內心也充滿不捨。狄更斯曾說，任何小說都是他的「小孩」，一個個小孩出生、長大、離家，都是不捨的過程。現在的我，就看著這個「小孩」即將長大（應該是女兒，父親都比較疼愛女兒。），有些喜悅，也有些感傷。

感謝聯合報教育組召集人薛荷玉的督促與校稿指正，感謝聯經出版的李芃的細心讀稿，催生這本書。

《一句英文看天下》隱含了自己一生的文學思維，也拼貼出近年來的人生看法。與大家分享細心呵護的小孩，希望大家好好照顧她！

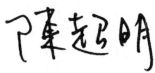

"Every day we should hear at least one little song, read one good poem, see one exquisite picture, and, if possible, speak a few sensible words."

每天，我們起碼要聽一首小曲、讀一首好詩、看一幅優美圖畫，如果可能，再講幾句有見識的話。

——德國大文豪歌德

目次

出處

一句話

16. Every morning was a cheerful invitation to make my life of equal simplicity, and I may say innocence, with Nature herself.

17. For it was certainly an abominable injustice to drown a man who had worked so hard, so hard.

18. For the literary architecture, if it is to be rich and expressive, involves not only foresight of the end in the beginning, but also development or growth of design, in the process of execution, with many irregularities, surprises, and afterthoughts.

19. The future belongs to those who know where they belong.

20. The greatest poet hardly knows pettiness or triviality.

21. Happy is England! I could be content / To see no other verdure than its own; / To feel no other breezes than are blown / Through its tall woods with high romances blent; / Yet do I sometimes feel a languishment / For skies Italian,...?

22. He watches from his mountain walls, and like a thunderbolt he falls.

23. Heaven knows we need never be ashamed of our tears, for they are rain upon the blinding dust of earth, overlying our hard hearts.

24. A human being in perfection ought always to preserve a calm and peaceful mind, and never to allow passion or a transitory desire to disturb his tranquility.

25. I am not pretty. I am not beautiful. I am as radiant as the sun.

26. I believe there's a hero in all of us that keeps us honest, gives us strength, makes us noble, and finally allows us to die with pride,...

出處

27. I griev'd when summer days were gone; / No more I'll grieve; for Winter here / Hath pleasure gardens of his own."

28. I have no idea what I am supposed to do; I just know what I can do.

29. I only know how to fix things.

30. I think of everything everyone did for me and I feel like a very lucky guy.

31. I wanted to damage every man in the place, and every woman—and not in their bodies or in their estate, but in their vanity—the place where feeble and foolish people are most vulnerable.

32. I was angry with my friend; I told my wrath, my wrath did end.

33. I wish from my heart it may do so for many and many a long year to come-- the tradition of genuine warm-hearted courteous Irish hospitality, which our forefathers have handed down to us and which we must hand down to our descendants, is still alive among us.

34. I'll give you a million things I'll never own; I'll give you a world to conquer when you're grown.

35. I'm nothing like the immortal gods who rule the skies, either in build or breeding; I'm just a mortal man.

36. If I cannot carry forests on my back, / Neither can you crack a nut.

37. If you're constantly looking down at your phone, you're not looking at the world around you.

38. In a cold night / There will be no fair fight.

出

一句話

39. In all negotiations of difficulty, a man may not look to sow and reap at once, but must prepare business, and so ripen it by degrees.

40. In my religion, we're taught that every living thing, every leaf, every bird, is only alive because it contains the secret word for life.

41. In order to fight monsters, we create monsters of our own.

42. In the end, when it's over, all that matters is what you've done.

43. An intellectual is a man who says a simple thing in a difficult way; an artist is a man who says a difficult thing in a simple way.

44. It is funny how some distance makes everything seem small

45. It is the education which gives a man a clear conscious view of his own opinions and judgments, a truth in developing them, an eloquence in expressing them, and a force in urging them.

46. It is very difficult for the prosperous to be humble.

47. It sometimes happens that what you feel is not returned for one reason or another—but that does not make your feeling less valuable and good.

48. But it was not only the earth that shook for us: the air around and above us was alive and signalling too.

49. It's hard to find someone with shared experience.

50. Life appears to me too short to be spent in nursing animosity or registering wrongs.

51. Love comes to those who believe it.

出處

一句話

52. Love gives you pleasure. And love brings you pain. And yet, when both are gone, love will still remain.

53. A man can be destroyed but not defeated.

54. Man's yesterday may ne'er be like his morrow / Nought may endure but Mutability

55. Nearly all aircraft accidents are the results of a sequence of events. We call it a cascade.

56. O Lady! We receive but what we give.

57. And on that cheek, and o'er that brow, / So soft, so calm, yet eloquent, / The smiles that win, the tints that glow, / But tell of days in goodness spent.

58. One Law for the Lion and Ox is Oppression.

59. The only means of strengthening one's intellect is to make up one's mind about nothing - to let the mind be a thoroughfare for all thoughts.

60. The people who get on in this world are the people who get up and look for the circumstances they want, and, if they can't find them, make them.

61. President Lincoln's struggle to abolish slavery reminds us that enduring progress is forged in a cauldron of both principle and compromise.

62. Pride, where wit fails, steps in to our defense, / And fills up all the mighty void of sense.

63. The saddest people I've ever met in life are the ones who don't care deeply about anything at all.

64. Some are born great, some achieve greatness, and some have greatness thrust upon them.

出處

65. Some books are to be tasted, others to be swallowed, and some few to be chewed and digested.

66. Someday' is a dangerous word; it is really just a code for 'never'.

67. Sometimes whoever seeks abroad may find
    Thee sitting careless on a granary floor,...

68. That pleasure which is at once the most pure, the most elevating, and the most intense is derived, I maintain, from the contemplation of the beautiful.

69. ...suffering has been stronger than all other teaching, and has taught me to understand what your heart used to be.

70. Travelers we are, in this journey of memory. Aboard together we might be, and get off at different times. Still, memory lingers.

71. But there are limits to what even you can do, Captain, or did Erskine tell you otherwise?

72. There are no pacts between lions and men.

73. And these vicissitudes tell best in youth; / For when they happen at a riper age, / People are apt to blame the Fates,...

74. They taught me the meaning of loyalty that you should never forget anyone that you've loved.

75. A thing was worth buying then, when we felt the money that we paid for it.

76. ...this and that man, and this and that body of men, all over the country, are beginning to assert and put in practice an Englishman's right to do what he likes; his right to march where he likes, meet where he likes, enter where he likes, hoot as he likes, threaten as he likes, smash as he likes. All this, I say, tends to anarchy.

出處

一句話

77. And this gray spirit yearning in desire / To follow knowledge like a sinking star, / Beyond the utmost bound of human thought.

78. This is my quest, to follow that star / No matter how hopeless, no matter how far / To be willing to give when there's no more to give / To be willing to die so that honor and justice may live.

79. this world would be a whole lot better if we just made an effort to be less horrible to one another...; if we took just five minutes to recognize each other's beauty instead of attacking each other for our differences.

80. To me the meanest flower that blows can give thoughts that do often lie too deep for tears.

81. Universal History, the history of what man has accomplished in this world, is at bottom the History of the Great Men who have worked here.

82. Violence is the last refuge of the incompetent.

83. We are all patchworks, and so shapeless and diverse in composition that each bit, each moment plays its own game.

84. We are responsible for these people.

85. We create our own demons.

86. We don't realize what a privilege it is to grow old with someone.

87. We're up on a roll and it's taking a toll / But it's too late to stop now.

88. What do we live for, if it is not to make life less difficult to each other?

出處

一 句 話

89. What if a child dreamed of becoming something other than what society had intended?

90 Whatever I have tried to do in life, I have tried with all my heart to do well.

91. When I see your face, there's not a thing that I would change 'cause you're amazing, just the way you are.

92. Why should a foolish marriage vow, / which long ago was made, / Oblige us to each other now, When passion is decayed?

93. Will all great Neptune's ocean wash this blood / Clean from my hand?

94. The woods are lovely, dark and deep.
    But I have promises to keep.

95. The world, that understandable and lawful world, was slipping away.

96. Yes! Thank God; human feeling is like the mighty rivers that bless the earth: it does not wait for beauty—it flows with resistless force and brings beauty with it.

97. And yet in our world everybody thinks of changing the humanity, and nobody thinks of changing himself.

98. You can wipe out an entire generation, you can burn their homes to the ground, and somehow they'll still find their way back.

99. You choose losers because that's what you think you deserve and that's why you'll never have a better life.

100. You have the grand gift of silence, Watson; it makes you quite invaluable as a companion.

出處

To View the World
in a Beautiful Line

01.

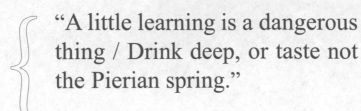

"A little learning is a dangerous thing / Drink deep, or taste not the Pierian spring."

只懂皮毛是件危險的事；要深透暢飲，否則就別淺嘗那知識的聖泉。

"An Essay on Criticism" 〈論批評〉
Alexander Pope 亞歷山大・波普

☒ **dangerous** 危險的

例：It is quite dangerous to ride a bike on the sidewalk.

（在人行道騎車相當危險。）

☒ **taste** 品嘗

例：May I taste a little bit of the ice cream?

（我可以嘗一點冰淇淋嗎？）

☒ **Pierian spring** 知識與智慧的甘泉

原指希臘神話中，掌靈感、創意的繆思女神（muses）居住地 Pieria 的聖泉，位於希臘眾神所住的奧林匹斯山中，這裡指的是「知識與智慧的甘泉」。

這一句話出自英國十八世紀最偉大詩人亞歷山大・波普（Alexander Pope，1688-1744）的一首論批評的詩（"An Essay on Criticism"）。這首長詩討論文學批評的標準與態度，建立十八世紀最重要的美學觀與社會觀。作者強調當代最重要的思維基礎在理性思維（rational thinking），認為所有的批評必須建立在知識的基礎上，並通盤理解整個知識脈絡，才能得到完整的論述能力。如果一知半解或只懂皮毛（a little learning）將會非常危險的，一定要 drink deep，否則別說自己懂！

詩人也認為知識的累積非常重要。年輕時知識淺薄，喜好批評，但隨著心智擴展，漸漸看到新的知識領域。他說："But more advanced, behold with strange surprise / New distant scenes of endless science see."（但是，往前，懷著不可思議的驚奇，看到遠方、新奇且無限的科學領域。）

驕傲（pride）常常是我們最大的敵人，往往自以為擁有聰明才智（wit），而無法看到真相，詩人也勸我們："Trust not yourself: but your defects to know, / Make use of every friend—and every foe."（別相信自己，但要知道自己的缺點，好好利用每個朋友——以及每個敵人）。

台灣社會充滿批評的人。任何事件一發生，不管是牽涉到醫療、法律、食品、金融或國際政治，馬上會出現一些所謂的名嘴專家，引用網路資訊，提出見解或批評。但是批評往往並非建立在知識的基礎上。即使對於話題有些涉獵或收集了資訊，通常也是一知半解，且誇大其辭，散布了錯誤訊息，引起社會恐慌。

在資訊爆炸與快速傳播的時代，很多人都沒有時間好好去研究一個問題或多讀些書，往往只看網路或維基百科，就自以為是。知識是需要累積的（drink deep）。只懂皮毛、一知半解真是非常危險的事！

應該常常用這句話來警惕自己，對於任何知識的追求都必須深入且透徹。

02.

一句英文看天下

"After all you put me through /
You'd think I despise you / But
in the end, I wanna thank you /
'Cause you make me that much
stronger."

你讓我遭受這一切後,你以為我厭惡你。不過,
最終,我要謝謝你,因為你讓我變得更堅強。

"Fighter" 〈鬥士〉
Christina Aguilera 克莉絲汀 · 阿奎萊拉

⊠ **put someone through something**
　讓某人遭受一些不好的經驗
　例：My boss put me through an ordeal of speaking in
　　　public.
　　（老闆讓我經歷到公開演講的痛苦經驗。）

⊠ **despite** 鄙視、厭惡
　例：We all despite violence in any form.
　　（我們唾棄任何形式的暴力。）

⊠ **wanna** 原字為want to，口語中省略某些音。

⊠ **'Cause** because的意思，口語中省略某些音。

這一句話出自美國流行歌后克莉絲汀‧阿奎萊拉（ChristinAguilera，1983-）2003年的單曲"Fighter"〈鬥士〉。克莉絲汀從小就展現不凡的音樂才能，不但具有天生歌喉，更能作詞作曲，可說是個全能的流行音樂巨星，曾榮獲五座葛萊美獎（Grammy's Award），多首單曲如"Beautiful"，都是冠軍單曲。這位融合藍調（blue）、靈魂（soul）、民謠（folk music）、嘻哈（hip hop）、爵士（Jazz）等多種樂風的歌手，被認為是繼瑪丹娜（Madonna）之後，橫掃全球流行樂壇的超級女歌手。

然而，這位創下多項銷售記錄及全球演唱會的天才歌手，也非一路走來都一帆風順。從小被家人發現音樂天賦後，就開始參加各種比賽，雖然贏得不少獎項，但也遭到同輩的排擠及中傷。在各種打擊之下，她最後終於能夠更堅強站起來，也能積極面對這些負面力量。

這首歌曲〈鬥士〉就在表現歌手的高EQ能力。這首歌一開始，提到對方（you）對她有各種不同的打擊（如背叛、欺騙、中傷、偷竊等各種行為），但她要感謝對方，而不是憎恨對方。因為這種負面挑戰，讓她更堅強："After all you put me through / You'd think I despise you / But in the end, I wanna thank you / 'Cause you make me that much stronger."（你讓我遭受這一切後，你以為我厭惡你。不過，最終，我要謝謝你，因為你讓我變得更堅強。）

這首歌不斷感謝對方給她這麼多的考驗，使她更有能力應付不同難關："'Cause it makes me that much stronger /

Makes me work a little bit harder / It makes me that much wiser / So thanks for making me a fighter."（因為這讓我更加堅強 / 讓我更加努力 / 讓我更加聰明，/ 所以，謝謝你讓我成為鬥士）。也因為這種「鬥士」精神，這首歌成為 2003 年 NBA（美國職籃）季後賽的宣傳曲。

　　每個人都希望成為鬥士，但是除了自己的毅力外，有時也得感謝某些人的刺激（有時是你的同事、朋友或同學）對你的背叛、中傷或欺騙。由於這些負面折磨，讓我們更加聰明、更加堅強、更加努力。這些敵人，警惕我們別太自大，免得遭人眼紅；提醒我們做事小心、別留下把柄；督促我們隨時增強自己能力，免得被取代。

　　廣受歡迎的日劇《半澤直樹》，大家看到男主角的職場復仇，大快人心，可是我們卻沒有感受到，如果沒有那些反派人物欺凌及同事背叛，如何激勵男主角的潛能及靈活的處事能力呢？環顧周遭經常在背後捅你一刀（backstabbing）的同事或同學，你要如何從他們身上獲得正面提昇的力量呢？

03.

"All of life is an act of letting go, but what hurts the most is not taking a moment to say goodbye.

整個人生就是一種放下，然而，傷害最大的是竟然沒有停下片刻來說再見。

Life of Pi 《少年 Pi 的奇幻漂流》
（改編自 Yann Martal 楊‧馬泰爾的同名小說）

▨ **let go** 放手，放下

用以比喻對某些事物，別太過於執著。

例：You need to let go of the heartrending remembrance of your late wife and start a new life.
（你得放下對死去太太的錐心記憶，開始新的生活。）

▨ **act** 行為，動作

例：It is an act of kindness to yield seats to the senior citizens or pregnant women on the bus.
（在公車上讓位給年長者及懷孕婦女，是種善意的舉動。）

▨ **take a monent** 休息片刻

例：Let's take a moment to enjoy the afternoon tea before the meeting.
（在會議前，我們先休息片刻來享受下午茶。）

　　這句話出自電影《少年Pi的奇幻漂流》敘述者的感嘆。此部電影改編自Yann Martal楊‧馬泰爾的同名暢銷小說 *Life of Pi*，敘述一位印度青少年經歷船難，最後與一隻孟加拉虎在海上漂流的奇幻旅程。

　　導演李安將故事的重心放在少年如何透過生存的本能，理解生命的意義；也就是告知觀眾：真正發生什麼事情可能不是那麼重要，知道如何詮釋、透視自己經歷的一切，才能賦予生命最真實的存在。最後，敘述者問來訪的作家：Which story do you prefer?（你喜歡哪個故事？），點出整部作品的主題。到底要相信孟加拉虎的美麗冒險呢？還是廚師殺人的殘忍故事？相信孟加拉虎的故事，就是相信愛的存在，也相信上帝美好的一切。

　　整個奇幻漂流接近尾聲，吃素的少年與肉食的老虎在海上培養了互相依存的關係。最後，他們來到了陸地。老虎一躍而上。少年期望老虎能回頭看看，眷戀這段時間的友誼與默契，期望看到老虎眼中的靈魂（souls）。然而，少年失望了，老虎頭也不回地走了。事後回想，敘述者說："All of life is an act of letting go"（人生就是一連串放下的動作），然而難過的是："...what hurts the most is not taking a moment to say goodbye."（竟然沒有停下片刻來說再見）。原著小說中也深刻地提到這段被老虎拋棄的心痛："I still cannot understand how he could abandon me so unceremoniously, without any sort of goodbye, without looking back even once. That pain is like an axe that chops at my heart."（我仍然無法理解，為何他能夠如此隨便地棄我而去。沒有說一句再見，連回一次頭也沒有，那種痛有如斧頭砍在心上一樣。）這裡用了unceremoniously這個字，表示兩人的分開沒有任何儀式，非常隨便。

　　很多文學作品或電影，在關鍵時刻，總會聽到關鍵人物或主角提出深刻的道理或製造出感人畫面。然而，在現實人生中，往往沒有人跟我們分享這些深刻的感受，經常就這樣默默地過了，絲毫沒有任何戲劇性場景。我們成年後踏入成熟的階段、認識社會冷漠的片刻、體會愛情與親情的剎那，好像都缺乏電影那種頓悟或動人的畫面。現實生活中，是不是該有些戲劇轉折，來記錄我們的心情呢？這就是為何我們要創造一些想像空間，例如舉辦盛大的婚禮、參加萬人跨年倒數、觀看節慶煙火等，為人生製造一些戲劇時刻（dramatic moments）！人生要放下，進入下個階段，總要有個結尾吧！

04.

一句英文看天下

"All the world's a stage, and all the men and women merely players; they have their exits and their entrances, and one man in his time plays many parts...."

世界是一座舞台，所有男女都只是演員，每個人退場進場，一個人在一生中要扮演好幾種角色。

As You Like It《皆大歡喜》
William Shakespeare 威廉‧莎士比亞

◻ **exit 出口；退場**

經常可以在公共場所看到這個字，表示進出門戶「出
口」；而在這裡指的是演員的「退場」。

◻ **entrance 入口；大門**

想問體育館的入口在哪裡？，就說：Where is the
entrance to the gym? 此處相對於 exit，entrance
指的是演員的「進場」。

◻ **play many parts 扮演很多角色**

play 原指玩樂，在這裡是指「扮演或假裝」某人。
part 意為「角色」。

例：My mom plays an important part in my life.
　　（媽媽在我生命中扮演重要的角色）。

　　莎士比亞這句話被引用的次數，大概只僅次於《哈姆雷特》的"To be or not to be, that is a question."（存在或不存在，這是個難題。）哈姆雷特Hamlet所說的這句名言表現出他自身猶疑不決、拖延的個性，而《皆大歡喜》*As You Like It* 的這句話，則道盡人生的起伏。劇中，被放逐的老公爵慶幸自己曾經歷過好日子，別人比他們還辛苦；而跟隨老公爵，心情永遠快樂不起來的雅各（Jaques），則感嘆道：「我們都是這舞台上的演員」（all the men and women merely players），有進場（entrances）也有退場（exits），都得扮演不同角色（play many parts）。這裡他回顧一生，認為我們大概需要演出七個時期的不同角色：嬰兒、小學生、情人、軍人、法官、乾癟老頭、痴呆死亡。

　　莎士比亞使用了文學常用的手法：暗喻（metaphor），將世界比喻成一座舞台，我們都只是演員，演出一齣戲，有進場也有退場，藉此比喻我們在世界舞台上，有時在檯面上，有時則下台一鞠躬，有起有落；最重要的是要扮演不同的角色，不同時期轉換不同位置，這種比喻手法相當傳神。

　　然而，現在官場或職場中，很多人往往不知道自己換了位置，應該演出不同角色。有人在學校是好老師、傑出學者，但是進入政府部門工作後，卻不知「換位置應該換腦袋」，還是用老師的腦袋在坐官員的位置，當然工作就做不好。

　　同樣的，有些人副總經理做得很傑出，被董事會升為總經理，卻還以副總的腦袋在運作，當然就不會是稱職的總經理了。職場上的「彼得定律」（Peter's Principle: "Employees tend to rise to their level of incompetence."員工會升遷到自己無法勝任的階級。）其實適當地反應這個 「不換腦袋」的現象。由於教授、學者或副總都是因為過去的成就而獲提拔，因此很容易在新的位置上，複製自己過去成功的經驗，所以最終無法勝任新的職位。

在人生舞台上，誠如莎士比亞說的，應該在不同時期扮演很多不同角色，換角色換位置，也要記得換腦袋！

05.

一句英文看天下

"Although they have the teeth to
tear, it is by swish of tail and
yearning eyes that they most easily
get what they want."

雖然他們有利齒可以撕裂，但是透過搖尾巴及渴
望的眼神，他們很輕易地得到他們想要的。

Innocence《天真》
Dean Koontz 丁·昆士

▨ **tear** 撕裂、撕破

例：The monster threatened to tear the victim into pieces.

（怪獸要脅將受害者撕成碎片。）

▨ **swish** 搖擺、擺動

可當動詞、名詞用。

例：The dog swished his tail back and forth when his master squatted to pat him.

（主人蹲下來拍牠時，狗狗不斷前後搖動尾巴。）

▨ **yearning** 渴望的

例：With yearning eyes, the kids begged their parents to let them keep the kitty.

（孩子們帶著渴望眼神，懇求父母，讓他們留下那隻小貓。）

　　這句話出自號稱美國當代最佳懸疑小說家　（The best suspense-thriller writer）丁・昆士（Dean Koontz, 1945- ）於2003年出版的小說《天真》（*Innocence*）。丁・昆士的小說，是以超自然元素塑造出驚悚的情節及恐怖氛圍聞名，然而在這些懸疑與驚悚之後，經常隱含西方文明社會的困境。這本小說敘述一位被父母親遺棄的年輕人愛狄生（Addison），由於他恐怖的外表，長年隱居於地下水道。一日，愛狄生潛入圖書館，碰到同樣離群索居也飽受社會戕害的美少女蔦溫（Gwyneth），在被追殺的陰影下，兩人就此一段不尋常的友誼與感情。這不是傳統的美女與野獸（*The Beauty and the Beast*）的故事，也超越了單純懸疑、追殺的驚悚小說。

　　整篇故事圍繞這個缺乏親人關愛、面對社會敵意的男主角。然而內心善良的Addison，卻沒有如《科學怪人》（*Frankenstein*）中的Monster成為報復社會的殺人兇手，反而處處展現無私的愛與對人類關懷。即使收養他的「父親」在一次意外攻擊中被殺，他仍然對人性充滿希望，他說："I did not harbor any anger toward them. I pitied them, but I loved them as best I could. We have all been brought into the world for some reason, and we must wonder why and hope to learn."（我對他們並不憤怒，我同情他們，但是我盡可能愛他們。我們由於某種原因來到這個世界，必定想知道為什麼，也希望學習。）

　　這樣純真的天性，在Addison在森林中與兩隻狗相遇時，更令人動容。Addison被母親趕走後，在荒野中流浪。

有天，遇到一隻德國牧羊犬及一隻混種獵犬。他們聞到Addison身上有食物，便緊緊跟著他。然而，即使擔心兩隻大狗攻擊，Addison還是抱持純真之心，停下來餵食。此時，兩隻狗耐心等待，眼神露出熱情，不斷揮動尾巴，剎那融化了這位飽受社會摧殘的心靈而道出此句話。

生活中我們常常對「別人」有所需求，也有所渴望。子女希望父母的關愛與物質支援；夫妻期望另一半多關心、多付出；人民希望政府多重視他們的需求。很多人認為威勢（如野獸露出利齒 the teeth to tear）或表達憤怒與不滿，就可以得到自己所要的。殊不知，多表達自己柔性一面，對別人關懷，多一點同理心，有時反而很輕易地達到目的。

若以抗爭或暴力的方式獲得自己想要的，這個社會將會永遠充滿著偏見、仇恨與憤怒。Addison所遇見的兩隻狗，展現人類在這個你爭我奪的世界中所喪失的善良本性。他們揮動尾巴，並不是一種乞求，而是表達喜悅與對外界事物純真的感情，誠如Addison所說的，狗似乎是引導人類回到失樂園的物種（"to assist in leading humanity back to our first—and lost—home"）。

我們是否該問問自己，在這個處處算計的時代裡，什麼時候才能以純真的愛及關懷來面對這個世界？

06.

一句英文看天下

"Ask yourself whether you are happy, and you cease to be so."

問自己快不快樂，自己就無法快樂。

Autobiography《自傳》

John Stuart Mill 約翰·斯圖爾特·米爾

▨ **whether** 是否

有時可以跟 if 互用。

例：I am not sure whether he is still working in
the office (or not)！

（我不確定他是否仍在辦公室工作。）

▨ **cease** 停止

例：Wonders and surprises will never cease in the
adventures of the Hobbits.

（哈比人的冒險永遠有驚奇與意外。）

本句出自於十九世紀散文家，約翰·斯圖爾特·米爾（John Stuart Mill，1801-1890）的《自傳》（*Autobiography*）。米爾既是學者，也是教育家，在這本《自傳》中，作者一開始從年輕受教育的階段談起，接著在第五章中敘述人生的危機：他問自己（也問讀者），假如生命中的目標都完成了，期望的改變都在此刻中完全達到了，這是否代表人生中最大的快樂與喜悅？（"Suppose that all your objects in life were realized; that all the changes in institutions and opinions which you are looking forward to, could be completely effected at this very instant: would this be a great joy and happiness to you?"）作者捫心自問，答案卻是否定的 No。

我們人生中最大的快樂可能是不斷地追求目標，如財富、地位、愛情等，但是等到這些目標完成後，獲得的成果可能不再那麼可貴了！那接下來的生命意義又是什麼呢？米爾說："I seemed to have nothing left to live for."（我好像沒有生存下去的意義了。）在陷入這種人生困境後，作者開始分析我們要如何才能快樂。他閱讀很多不同哲學論述，並觀察別人生活，卻不自覺地感受到自己情感湧出，快樂感覺又出現了，這時他猛然一悟，原來他耗盡一切自我意識（self-consciousness）來探索自己快不快樂，反而讓自己更加不快樂！只要不執著自我，想想別人，及周遭的世界，自然可以享受喜悅感覺："...you will inhale happiness with the air you breathe, without dwelling on it or thinking about it..."（你呼吸空氣的同時，也會吸入快樂，不用一直想著它）。快樂有如空氣般，不自覺就會一直吸入，如果一直想著自己要如何呼吸，可能就會喘不過氣來！

　　現代人很重視個人的成就與幸福感，然而這些喜悅與快樂感來自人生的財富、名聲，或是功成名就嗎？我們不可否認，成就與達成人生目標，會帶來喜悅，但是這種喜悅是短暫的，因為這種喜悅大都來自追尋的過程，而非結果的完成。這就是為何很多成功企業家或領導者，不斷地想追求另一階段的人生高峰，不斷追求才是他們快樂的來源。當他們停下來問自己快不快樂，答案可能都是否定的！所以，要維持喜悅與快樂，誠如米爾所建議的，應該放棄自己，關心外在！

　　另一位同時代的散文家卡萊爾（Thomas Carlyle，1795-1881）在其重要著作《衣服的哲學》也說：消除自我是必要的（"The Self in thee needed to be annihilated."）。他引用數學公式，將人類的和諧與快樂當成分子，而自我是分母，當自我或對自我的算計趨近於zero（零）時，得到的數值是無限（infinity）："Unity itself divided by Zero will give infinity."，也就是 $\dfrac{\text{Happiness or unity}}{\text{zero（self）}} = \text{infinity}$。

07.

"Ask yourself: What would you sacrifice for what you believe?"

問問你自己：為你所相信的一切，你願意犧牲什麼？

Thor: The Dark World《雷神索爾 2：黑暗世界》

⊠ **sacrifice** 犧牲

　　例：We are all ready to sacrifice our holidays for this science project.

　　（我們都準備要犧牲假期，來完成這個科學計畫。）

⊠ **believe** 相信

　　例：Many people believe that education is the only way to change.

　　（許多人相信，教育是改變的唯一方法。）

　　這句話出自電影《雷神索爾2:黑暗世界》（*Thor: The Dark World*，2013）。影片中的黑暗魔兵Malekith為了將世界化成黑暗，願意做出所有的犧牲。這部電影延續雷神索爾第一集的善惡之爭:黑暗與光明的爭鬥。代表黑暗勢力的Malekith在上次的爭鬥中輸了，然而，邪惡永遠不死，光明再度面臨挑戰。這種西方文化的正邪之爭，從聖經上的上帝與撒旦而來，經常成為好萊塢電影的老梗主題。光明世界代表次序與人類的生存，而黑暗則是邪惡暴力，代表滅絕與死亡。

　　然而正與邪、光明與黑暗，就是這麼簡單可以劃分嗎?在這一集裡面，男主角索爾（Thor）放棄個人恩怨，與野心勃勃的弟弟洛基（Loki）合作，對抗有史以來最大的毀滅力量Malekith。有趣的是，Makekith真是惡靈嗎?電影一開始就點出，其實黑暗的力量，早就存在於宇宙誕生之前。Makekith黑暗勢力，只不過是恢復過去的混沌世紀。此外，索爾竟然也喚起邪惡弟弟的善念，來聯手對付更大的邪惡。這種善惡混淆的複雜觀念，也出現在片中的撒旦角色Malekith身上。

　　該片最有名的一句台詞，也隱含本片的主題，竟然出自Malekith的口中，當他必須贏回黑暗世界，他必須付出所有的代價:"Ask yourself: What would you　sacrifice for what you believe?"（問問你自己:為你所相信的一切，你願意犧牲什麼?）。英雄來自犧牲，Malekith 似乎也是某種程度的英雄?這個問題似乎也針對男主角索爾:「你願意付出一切，來拯救九界（nine realms）的和平嗎?」

　　這真是人生的大難題！我們也該問問自己：「為自己的理想，我願意犧牲什麼？」有些人自認雄心壯志，想要在五年內賺到第一桶金，可是你願意犧牲什麼呢？時間、健康、家庭、愛情？你可能要日夜工作，投入絕大的心力！有人追求財富或權力，必須犧牲自己所愛或隱私，你願意嗎？有人為了照顧生病父母，犧牲自己享受或甚至很多機會，你願意嗎？

　　任何有理想或艱難的責任，都隱含著某種犧牲與放棄。西方人說：“To gain something, you have to lose something.”（想要獲得某些東西，你得失去某些東西。）人生有很多決定與收穫，都隱含另一面的犧牲與失去（sacrifice and loss）。問題是你願意做出什麼犧牲，來達成你的理想？記住：“Greatness requires sacrifice.”（偉大是需要犧牲的！）。

08.

一句英文看天下

"Better to reign in Hell, than serve in Heaven."

在地獄稱霸，勝過在天堂服侍他人。

Paradise Lost《失樂園》
John Milton 約翰‧彌爾頓

⊠ **reign** 統治、治理、佔優勢

例：Don't let greed reign in your soul.

（別讓貪婪統御你的靈魂。）

⊠ **serve** 服務、服事

例：After having served in the army for more than 20 years, Peter was discharged with honor last week.

（在軍中服務二十多年後，Peter 上禮拜光榮退伍。）

　　這一句話出自十七世紀英國詩人彌爾頓（John Milton，1608-1674）的史詩作品《失樂園》（*Paradise Lost*）中的第一卷。《失樂園》以聖經中人類墮落（Fall of Man）的故事為題，描述亞當與夏娃受撒旦（Satan）誘惑，被逐出伊甸園（Garden of Eden）的過程。整部史詩重點放在天堂與地獄的爭鬥、善與惡間的衝突以及人類在善惡間的掙扎與折磨。評論家曾將此詩解釋為詩人從基督教救贖的觀點，探索人類信心與生命意志。此外，也有人認為此詩隱含政治意涵，對於當時的英國政治動盪多所著墨。

　　詩篇一開始，敘述撒旦在與上帝的爭戰中落敗，並被打入地獄，永無翻身之地。然而，充滿憤怒（fury）與活力（energy）的Satan並未因此喪失鬥志。他告訴他的地獄夥伴："The mind is its own place, and in itself / Can make a Heav'n of Hell, a Hell of Heav'n."（心有其境，本身 / 可以使地獄變天堂，天堂變地獄。）就看個人如何看待外在的環境，如果心境不變，到哪裡都可以轉換成自己想要的環境，看似惡劣的環境（Hell），也可以變成所謂的天堂（Heaven）。

　　撒旦，這位被上帝放逐的天使，不僅能夠順應變化，更能改變心態。脫離上帝的掌控，他更肯定自己的選擇："Better to reign in Hell, than serve in Heaven."（在地獄稱霸，勝過在天堂服侍他人。）雖然從基督教的觀點，這位邪惡的天使毫無悔意，永遠受到詛咒與懲罰，承擔萬世的罪名。然而，英國十九世紀的浪漫詩人（如布雷克Blake及拜倫Byron），卻把這位永不低頭、充滿活力的反抗者撒旦，當成浪漫主義的英雄！

　　誠如撒旦自己所說的，脫離了上帝的掌控，自己仍有一片天，自己當自己的主人，遠遠勝於在安逸中成為僕奴來服侍（serve）別人。試想，如果亞當與夏娃，不是因為受到撒旦的「啟發」，可能到現在都無法認清自己的命運與角色，更不用談到如何重建信仰與自我意志。

　　年輕人，你要作何種選擇呢？在安逸的環境中（如在父母保護或一成不變的環境下）過活？還是自己走出來創業。即使遭受打擊、挫折，但總是當自己的主人，在自己的天地稱霸！

　　許多現在的年輕人，不太敢走出自己的伊甸園或天堂。畢業後，找個月薪兩、三萬元的工作，從此就守住那份工作，缺乏鬥志，也缺乏創業的想像，也不太願意過苦日子！面對日益變化的時代，沒有撒旦那股叛逆性、那種承擔痛苦折磨的傻勁，如何能夠成長並創造自己稱霸（to reign）的天地呢？

09.

一句英文看天下

{ "Boys, you must strive to find your own voice." }

你們這些男生，必須努力找到自己的看法。

Dead Poets Society《春風化雨》

☒ **strive** 努力、奮鬥

　例：The company strived to find the new technology.

　　（公司努力尋找新科技。）

☒ **voice** 聲音

　"to find your own voice" 尋找自己的聲音，就是發掘自
　己的意見、想法。

　例：The teacher encourages us to find our own voice.

　　（老師鼓勵我們發掘自己的想法。）

　　此句出自電影《春風化雨》（*Dead Poets Society*，1989），由羅賓・威廉斯（Robin Williams）主演。羅賓・威廉斯所主演的英文老師John Keating，回到自己母校任教。這是一所菁英學校，這裡的學生都經過嚴格訓練，預備將來要進入美國常春藤名校（Ivy League）。然而，在文學課Keating啟發學生閱讀英詩。他認為："But poetry, beauty, romance, love, these are what we stay alive for."（詩、美、浪漫、愛情，這些是我們生存所在。）。

　　在每一堂課，這位打破傳統的英文老師Keating，都刺激了學生開創自己的想法。在第一堂課，他要求學生將英詩教科書的「導讀」部分撕掉。閱讀是發掘自己想法，不是跟隨前人："Boys, you must strive to find your own voice."（你們這些男生，必須努力發掘自己的看法。）有一次，他站上講桌："I stand up my desk to remind myself that we must constantly look at things in a different way."（我站上自己桌子，提醒自己，必須時常以不同方式看事情。）

　　台灣的學校教育，從小學開始，大約是一種制式的學科訓練，以學術表現為主要的成就標準。成為律師、醫生、會計師、工程師，是很多菁英父母為小孩所訂下的目標。因此，學生補習、考試，在統一的標準答案中，他們應有的獨立思考與判斷能力都被逐一剝奪。許多高中、大學畢業生，空有一肚子學科知識，卻沒有自己的想法與聲音（voice），缺乏開創與應變能力。

　　電影中，Keating引述美國散文家梭羅的一句話：「很多人過著沉默絕望的生活。」（"Most men lead lives of quiet desperation.")，這似乎是很多人的寫照。Keating希望他的學生不會屈服於這種生活，能透過讀詩，培養思考能力，去質疑、探索自己的方向。訓練每個人都能自己思考（think for yourself），才是教育最基本的價值。他說："I always thought the idea of education was to learn to think for yourself."（一直以來，我認為教育的理念就是學習如何自我思考。）

所有老師、家長及同學一起思考教育這個議題吧！

10.

一句英文看天下

❧

> "The choice was put in your hands
> for a reason."

這個抉擇在你手上，必有其原因。

Noah《諾亞方舟》

◇ **choice** 選擇

  例：Being informed of a transfer to the branch company in Hong Kong, Peter is forced to make a choice between family and career.

  （被通知將調往香港分公司，Peter 被迫在家庭與事業中做一選擇。）

◇ **reason** 原因、理由

  例：What is the reason for the delay in this project?

  （這計畫延遲的原因為何？）

這句話出自2014年依據聖經諾亞方舟故事改編而成的史詩（epic）電影《諾亞方舟》（*Noah*），由金像獎影帝羅素·克洛（Russell　Crowe）飾演主角人物諾亞。電影一開始，年輕的諾亞目睹父親被殺，體認人類的罪惡。身處在暴力與弱肉強食社會的諾亞，他的仁慈與愛心漸漸得到上帝的眷顧。

在這個貪婪、暴力邪惡的人類世界裡，上帝決心毀滅人類，重建世界的新次序。心懷慈愛的諾亞不斷受到惡夢折磨，在夢中，整個世界被洪水淹沒，人類屍體漂流。於是諾亞帶著家人遠離故鄉，去尋找祖父先知的協助。在祖父與上帝的啟發與協助下，諾亞開始建造方舟（ark）的使命，為了在未來洪水來臨時，能夠保護家人及地球上其他生物。

這是一場生命與死亡的抉擇，諾亞相信上帝要毀滅所有人類，而留下人類以外的其他物種。於是他必需面對生命中最大的抉擇——拋棄人類生命，擁抱大自然的一切。諾亞收養的媳婦依拉（Ila），相信這一切存在是有道理的，她說："You saw the wickedness of man. I knew you would not look away. The choice was put in your hands for a　reason."（你曾看過人類的邪惡，我知道你不會忽視，這個抉擇在你手上，必有其原因。）。而依拉即將產下嬰兒之際，諾亞仍堅持必須集體消滅人類，準備在依拉產下女嬰後痛下毒手，以完成上帝交付的使命。

目睹過人類的邪惡，諾亞認為全面毀滅人類才是唯一的選擇。然而兒時親情的歌曲，喚起了他的愛心與對親情的渴望。他不忍殺死自己的孫女，最後選擇留下了人類最後的希望。諾亞的選擇，在於上帝正義與個人情感之間。即使面對人類邪惡的可能性，諾亞還是選擇相信人類良善的一面，他選擇保留女嬰的生命，毋寧證實了真摯的情感，才是人類得以生存的價值。依拉說得沒錯：諾亞的抉擇，必有原因。

即使到了二十一世紀，我們生命中也充滿了抉擇、選擇。或許我們的選擇，沒有關係到人類的存亡，但也影響個人或社會未來的運作。為善與為惡，其實只在一念間。在這個你認為沒有太多希望的時代裡，選擇自己該努力的或對的方向，決定個人對生命價值的認知與體認！

很多人提到社會上的誘惑讓我們墮落，社會的亂象讓我們無所適從，教育的失敗讓很多人無法立足，家庭的破碎或不溫暖造成我們的病態。然而，若都歸諸於外因，似乎也否定了個人的自由選擇意志（free choice）。難道在這個混亂與充滿誘惑的世界中，我們就一定會墮落邪惡？難道看到那麼多暴力或不公不義的事情，我們也會跟著訴諸暴力？難到看到那麼多人作姦犯科，我們也會跟著一起犯罪？難道在破碎的家庭成長的小孩，必然無法走入正途？

在任何宗教或哲學的討論中，對人類的自由意志，都有不同的詮釋。但是我個人相信，當你選擇做一件事或者不做一件事，背後一定有所道理、也有所原因（"The choice is in your hands for a reason."）。這原因可能是個人的善（good）所引導的，也可能是自私與邪念（evil）所產生的。別再怪罪外在環境，也別再怪罪別人，電影中，諾亞的選擇決定了人類的未來；而你個人的選擇則決定了自己的未來。

11

一句英文看天下

"Danger is very real, but fear is a choice."

危險很真實，不過恐懼是種選擇。

After Earth《地球過後》

⊠ **danger** 危險

表示危險的事物或原因。

例：Mudslides are a danger to the villages in the mountain.

（土石流對山中的村莊很危險。）

⊠ **fear** 恐懼，害怕

例：The solider feels no fear in the rescue mission.

（那士兵在拯救任務中無所畏懼。）

⊠ **choice** 選擇（動詞為 **choose**）

例：My parents respected my choice of career.

（我父母尊重我職業的選擇。）

　　這一句話出自2013年的科幻電影《地球過後》（*After Earth*），由威爾‧史密斯（Will Smith）與親生兒子傑登‧史密斯（Jaden Smith）兩人主演的末日電影。劇中敘述西佛‧雷吉將軍（Cypher Raige，威爾‧史密斯飾）帶著兒子奇泰（Kitai，傑登‧史密斯飾）出任務，希望藉此機會修補父子間的關係。在此次任務中，太空船墜毀在一千年後、已經被遺棄的地球。兩人面對未知且充滿殘暴生物的地球，父親又受傷且無法行動，因此整個求救任務，落在一個正值青春期的兒子身上。

　　即使受過嚴格軍事訓練，但面對地球進化生物與外星異種的追殺，青少年的奇泰仍無法獨自面對即將來到的生存挑戰。飽經風霜的將軍父親扮演導師（mentor）的角色，一步一步引導兒子克服心中的恐懼。他說："Fear is not real. It is a product of thoughts you create. Do not misunderstand me. Danger is very real, but fear is a choice."（恐懼不是真的，那是你的想法所製造出來的。別誤解我的意思，危險很真實，不過恐懼是種選擇。）

　　無所畏懼的父親，以親身經驗告知既將踏入險境的兒子，一切的恐懼來自於選擇。只有解除自己內心的恐懼，才能打敗外在環境的危險與威脅。電影中的外星怪物惡煞（Ursa）就是一種恐懼的象徵，它能偵測人類恐懼的賀爾蒙，追殺人類。如果內心無所懼，人類就能在 Ursa 面前隱形，輕易殺死它。

　　這是一部談論父子互動與青少年成長的科幻電影。即使以科幻冒險故事包裝，但仍強調美國電影中常見的青少年成長掙扎。現今社會中,很多長輩,常常也像電影中的將軍,以權威式的方法教導年輕一輩,希望他們面對自己,挑戰自己!

　　然而,有時看到這一代年輕人缺乏冒險精神,即使能力滿分,但面對挑戰或困難時,仍畏首畏尾,不敢放手一搏;總是擔心失敗或憂慮被別人恥笑,無法有所成就。也有人只想找個安穩工作,害怕面對職場殘忍的挑戰,最後卻自怨自艾,抱怨薪水過低。套用前面的話,我們可以這樣說:"The challenge is real, but failure is a choice."(挑戰是真實的,不過失敗是自己選擇的。)

　　很多人會失敗,並非因為自己能力不足,而是被自己的失敗主義與害怕失敗的心理(或恐懼fear)所擊倒。外在環境的競爭與危險永遠存在,而且非常真實(very real),然而,很多成功的創業者,都堅信自己會成功,所以能去掉心中的惡煞,放膽一試。只要選擇信心而非恐懼,最後終能闖出一片天!

12.

一句英文看天下

"Diversity of opinion about a work of art shows that the work is new, complex, and vital."

一件藝術作品能引發不同多元的看法，表示該作品新鮮、複雜又富有活力。

The Picture of Dorian Gray《道林・格雷的畫像》

Oscar Wilde 奧斯卡・王爾德

☒ **diversity** 多樣化、差異

　例：A new educational policy is intended to introduce diversity and creativity into our school systems.

　（新的教育政策，預計將多元與創意引進我們學校系統。）

☒ **complex** 複雜的

　例：This is a complex system of grading; very few can handle it.

　（這是個複雜的評分系統，很少人能夠處理。）

☒ **vital** 重要的、具生命力、活力的

　例：His new song is a vital demonstration of his revolutionary thoughts.

　（他的新歌，活力十足，展現革命性的想法。）

　　這句話出自十九世紀作家王爾德（Oscar Wilde, 1854-1900）小說《道林‧格雷的畫像》（*The Picture of Dorian Gray*）的前言。王爾德以創作戲劇聞名，其《少奶奶的扇子》（*Lady Windermere's Fan*）、《不可兒戲》（*The Importance of Being Ernest*）都是膾炙人口的經典喜劇。打破英國十九世紀維多利亞時期的社會道德與文化訴求，王爾德的作品呼應當時的唯美學派，主張藝術的純美性，認為文學與藝術應有其主體性，從形式出發，創作出藝術的美學價值。

　　這種非關道德（a-moral）的藝術觀，反應在他最有名也是唯一的小說《道林‧格雷的畫像》。這部小說於1890　年出版，在當時引起很大爭議。故事描述一位絕美的年輕人葛雷（Dorian Gray），為了維持俊美的外表，願意交出靈魂換取永恆。他要求畫家將他美好外表畫下，期望真正的自己不會衰老，也不會醜陋。邪惡的葛雷，透過魔法，過著奢華及享受的生活，永保青春與俊美，然而邪惡與衰老的軌跡卻逐漸出現在畫像中。雖然現實的葛雷年輕迷人，但畫像中的葛雷卻逐漸醜陋與蒼老。誠如畫家所言："Ah, realize your youth while you have it. Don't squander the gold of your　days...."（啊，當你正值青春時，好好去體會，別揮霍你的黃金歲月。）

　　儘管葛雷最後得到該有的道德報應，但是這種雙重人生與顛覆傳統道德的文學創作，引起了當時社會的強烈批判與指責。作者本人最後也因為其同性戀性向，而被迫接受審判。然而，撇開這些道德的指責，這本小說打破道德訴求的單一論述，強調文化與藝術的多元性與可能性，凸顯「不同的」價值觀與思維模式。

　　或許我們不用羨慕或歌頌葛雷的荒誕生活。但是小說家刻意剝開道德外衣，探索人類內心的慾望與不同的世界，以新奇的悸動（new　sensations）作為另一種生活的目標，這種去道德化的美學思維，創造了思考的多元性，誠如在這本小說的序言所說的："Diversity of opinion about a work of art shows that the work is new, complex, and vital."（一件藝術作品能引發不同多元的看法，表示該作品新鮮、複雜又富有活力。） 唯有不同的意見才會創造出「新鮮、複雜與活力」的思考模式！

　　在台灣社會，我們經常以單一的思考模式來判斷事情。父母親一定要兒女成績好，進入名校或就讀「有用的」科系就所謂成功；年輕人一直認為台灣的薪水過低，埋怨社會的不公；很多人終身存錢，一心想在都會置產，可是一直沒有能力。

　　殊不知，這些單一的思考與生活方式，只是令人更加困擾與痛苦，如何在這個醜陋的現實環境中，找一個「美」的解決方法，何不思考不一樣的道路呢？例如：小孩不想唸書？好好給他們一個技藝訓練的機會，鼓勵他做自己喜歡的事；薪水過低？想想去國外工作的可能性；房子買不起，何不租屋，想想自己每隔一段時間都可以換屋？

　　在不好的時代裡，找出美好或不同的思考，會讓生活更加「新鮮、複雜與充滿活力」！

13.

一句英文看天下

"Do you hear the people sing,
singing a song of angry men?"

你是否聽到人民唱，唱出憤怒人們的歌？

Les Miserables《悲慘世界》
（改編自Victor Hugo 雨果的同名小說）

✕ **hear people sing 聽到人民唱**

hear（聽到，聆聽）是感官動詞，後面如果要接動作，通常第二個動詞會用原形動詞或V-ing，表示耳朵聽到另一個動作的進行。

例：I hear somebody knocking on the door; would you please open the door for me, Tom?

（Tom，我聽到有人敲門，可否幫我開門？）

✕ **S+V, Ving ... 現在分詞構句的用法**

Do you hear the people sing, singing a song ...? 此句前半部是一句完整的話，後面接一現在分詞（V-ing）引導的分詞構句，補充說明前面的主要子句。由於英文原則上一句話只有一個動詞，因此後面所接的動作以分詞（V-ing）來呈現。

例：I will be right here, waiting for you.

（我會一直在這裡等你。）

本句摘自《悲慘世界》音樂劇的英文版（1985），改編自法國大文豪雨果（Victor　Hugo,1802-1885）的同名小說。該劇自1985年在倫敦上演以來，已成為全世界最受歡迎的音樂劇，並躍上了大銀幕。

音樂劇中幾首膾炙人口的歌曲如"I Dreamed A Dream"，道出了下階層社會的無奈心聲：

I had a dream my life would be
So different from this hell I'm living
So different now from what it seemed
Now life has killed the dream I dreamed

我曾夢想人生
完全不像我現在地獄般的生活
現在跟想像不同
如今，現實生活扼殺我昔日夢想

此劇的前半段以男主角尚·萬強（Jean Vajean）為主，他偷了一塊麵包，為此服刑十九年，出獄後受神父感召重新做人，成為工廠老闆與市長，深深體會窮人痛苦。後來拯救並領養了窮困小女生柯賽特（Cosette）。然而，尚·萬強仍籠罩在過去犯罪的陰影下，如他自己說的："These　are shadows of the past."

此劇下半段，將個人的生活帶入大時代的變動中。此時正逢法國人民（尤其是學生）群起反抗政府的暴政。將尚・萬強與養女柯賽特兩人的生活與大時代做結合，凸顯個人生活在大時代的無奈與掙扎。

此句"Do you hear the people sing, singing a song of angry men?"由帶領人民抗暴的學生領袖安袤拉斯（Enjolras）率先唱出，最後由全體民眾與學生吶喊，唱出窮人的心聲，以這首歌代表全民的音樂（the music of a people），期盼新生活的來臨（a life about to start when tomorrow comes）：

It is the music of a people
Who will not be slaves again!
When the beating of your heart
Echoes the beating of the drums
There is a life about to start
When tomorrow comes!

「傾聽人民的聲音」，一直是任何政府或國家所要面對的問題，然而領導者卻常常陷入權力與法律的迷思，有如劇中的警官賈維爾（Javert），因為受到法律及自己的權力認知所限，無法從弱勢者的觀點去思考。近來，看到很多學生參與不少抗議活動，不管是為弱勢族群發聲（如：紹興社區）或抗議社會正義瀕臨瓦解（如：媒體壟斷），都展現學生的愛與力量（a heart full of love and power）。但是主管當局只從法律層面思考，無法從弱勢人群的觀點去看問題。我們 的耳中似乎聽到學生開始唱：Do you hear the people sing, singing a song of angry men?

14.

❧

{
"Doubt of any sort cannot be removed except by Action."

只有行動才能去除任何的疑惑。
}

Sartor Resartus《衣服的哲學》
Thomas Carlyle 湯瑪斯 · 卡萊爾

☒ **doubt** 疑惑

例：If you really love your wife, you need to trust her;
love and doubt have never been on speaking terms.
（如果真正愛老婆，就必須信任她；愛情與懷疑一向是
不相容的。）

☒ **remove** 移除

例：Please remove all the garbage before moving
out of the dorm.
（搬離宿舍前，請清掉所有垃圾。）

☒ **action** 行動，行為

例：He is a man of action, practicing what he believes.
（他是個行動派，身體力行自己的信念。）

本句出自於十九世紀英國散文家湯瑪斯‧卡萊爾（Thomas Carlyle，1795-1881）的鉅著《衣服的哲學》（*SartorResartus*）。書中透過一位大學教授的第一人稱敘述，探討變動時代裡的一些價值。敘述者從心靈的空虛、社會的動亂中，找到讓自己恢復信心與生活動力的準則。他主張要從不切實際的幻想走出來，因為任何堅定的信念，如果無法轉化成為實際行動，一切都是沒有價值的："But indeed Conviction, were it never so excellent, is worthless till it convert itself into Conduct."

英國在十九世紀面臨劇烈的變動，很多人提出不少改革方針與策略。然而面對所有這些改革，最重要的是付諸實施行，而不是坐著高談闊論，辯論誰的方法或理論比較有用。卡萊爾大聲疾呼：Produce! Produce!（生產！生產！）這種強調行動的哲學觀，對於亟需改革或面對多重危機的社會，無疑是一帖良藥。

台灣近年來，面對各種不同挑戰或危機處理，不管是各項改革（如教育、金融財政）或外交事件（如釣魚台或菲律賓對台灣漁民的野蠻行為等），我們都不缺專家、學者或名嘴的理論與分析。政府也針對各種問題，召開不同會議或提供諮詢，然而，談理論辯的時候多，行動卻很少。即使有了共識，仍然裹足不前，行動缺乏果斷，甚至進一步退兩步。在遲疑間，經常會錯過時機，使得好的想法（conviction）變得毫無價值（worthless）。

任何改革或政治作為其實都有風險，但與其遲疑，不知結果如何，倒不如透過行動證明一切。誠如卡萊爾這裡所說的：“Doubt of any sort cannot be removed except by Action.”
領導者若是缺乏行動，也就缺乏領導的魅力！

　　政府施政如此，個人也是如此。常常看到某個人滿腔熱血與想法，但總是淪為空談，不敢付諸實施，也不知如何著手。卡萊爾告訴我們，行動要從最接近自己的做起，從自己做得到的、有把握的開始：“Do the Duty which lies nearest thee.”（從最近的責任做起。）這就是行動的開始！

15.

❧

{ "Dreamers look up at the sky; doers keep their feet on the ground. In a world of hustle and bustle, you see the most beautiful scene; you are the doer of dreams." }

夢想者仰望天空；實踐者雙腳踩地。在這個紛擾的世界，你看到最美的景色；你成為夢想的實踐者。

Mercedes Benz 賓士廣告

※ **hustle and bustle 擁擠、紛亂**

Hustle 與 bustle 都是指推擠、吵雜的意思，以類似疊字，使用兩個語意及聲音都很雷同的字詞，產生一種押韻的感覺。

例：Peter doesn't like the hustle and bustle of life in a big city like Taipei.

（Peter 不喜歡像台北這樣的大城市生活中的擁擠喧囂。）

　　這是2013年歐洲某高級房車的電視廣告詞。廣告一開始，鏡頭遠望天空，然後轉入一雙腳踏在泥濘的土地上，旁白這麼說著："Dreamers look up the sky; doers keep their feet on the ground."（夢想者抬頭看著天空；實踐者雙腳踩在實地上。）。接著畫面拉到自然的美麗風景，一輛房車以高雅姿態出現，完成這個實現夢想的汽車廣告："In a world of hustle and bustle, you see the most beautiful scene; you are the doers of dreams."（在這個紛擾的世界，你看到最美的景色；你成為夢想的實踐者。）

　　這部短短不到二十秒的廣告，傳達了汽車製造商的兩個重要訊息：一是強調他們的房車是實踐夢想的傑作，二是引誘顧客來購買他們的房車。在此紛擾、擁擠的世界裡，只有具有品味的你，才能看到最美的景色，不管是外在環境，還是這部房車，都是美的實踐！

　　儘管這是訴諸讀者品味或購買慾望的廣告，但這則簡短的訊息，告訴了我們幾個重要的生活態度。這個世界可以簡單的分成兩種人：夢想者（dreamers）與實踐者（doers）。有理想、有夢想、或有前瞻思維的人，總是看著前方，仰望天空；而實踐者卻不會好高騖遠，總是看著地上，一步一步往前走。老是仰望天空的人（"look up the sky"），忽略了實踐的重要性，總是想著未來，幻想一步登天，不願意從基層幹起；而實踐者望著地上，卻看不到遠方，急功近利，只顧眼前，天天窮忙，踏不出自己的小天地。所以任何人要成功，不但必須是個夢想者，也需要擁有實踐者的精神。看著天空，也能腳踏實地，成為夢想的實踐者（"the doer of dreams"）。

這個廣告提醒我們如何結合夢想與實踐，其實夢想者及實踐者兩者有很大的共同性——他們都看到了最美的景色！會做夢的人，看到美好的一切，而腳踏實地的人也能夠找出美好的事物，願意好好體驗與實踐這些美好！

在我們這個紛擾或吵鬧的社會中，很多人都只看到負面事物，覺得未來沒有希望：大學畢業找不到工作或薪水過低；辦公室永遠有做不完的工作，而工作又沒有前景；房子買不起，孩子也養不起，不敢結婚。如果你只看到生活中的醜陋，而且也發掘不出任何周遭值得奮鬥的美好事物，那你永遠沒有夢想，也永遠沒有實踐的熱情與衝動。思考負面或一直說「不」的人不會是夢想者、也不會是實踐者，更別說是夢想的實踐者！失敗者通常都是看不到美好事物的人。

任何世界，任何人生，都伴隨著紛擾、困惑與不穩定，但生命與生活中，也存在不少美好事物，如家人的親情、愛人或夫妻的溫柔、嬰兒的天真、同事朋友間珍貴的友誼、工作的滿足與成就、或甚至於窮忙後的小確幸，這些都是看得到的美好。唯有看到生命中的美好，才會有夢想、才會有實踐的熱情。成為一個夢想實踐者，你必須在紛亂中找到美麗的風景（"... you see the most beautiful scene"）！

16.

❧

"Every morning was a cheerful invitation to make my life of equal simplicity, and I may say innocence, with Nature herself."

每個早晨都歡喜地迎接我簡樸的生活，或也可以說與大自然共處的單純生活。

Walden《湖濱散記》
Henry David Thoreau 亨利・大衛・梭羅

⊠ **invitation** 邀請

例：An easy-going person, Jenny always receives many invitations to New Year's Party.

（Jenny 是個隨和的人，新年到了總是收到很多新年派對邀請。）

⊠ **simplicity** 簡單、樸實

例：Simplicity is one of the key elements in the fashion design.

（簡約是時尚設計中重要的元素之一。）

⊠ **innocence** 天真、純真

例：We need to treasure the sweet innocence of our youth.

（我們必須珍惜年輕時的善良天真。）

這一句話出自十九世紀美國散文家梭羅（Henry David Thoreau，1817-1862 最有名的著作《湖濱散記》（*Walden*）。作者敘述在華騰湖（Walden Pond）旁築了一小屋，過著兩年自給自足、簡單的生活。他摒除物質文明的牽絆，真誠地面對自己，並深刻回想生命的意義："I went to the woods because I wished to live deliberately, to front only the essential facts of life, and see if I could not learn what it had to teach, and not, when I came to die, discover that I had not lived."（我到森林中，是因為我想用心過活，讓自己只面對基本生活的本質，看看我是否沒學習到生活所教給我的課程，而在死亡來臨時，才發覺我並未真正活過。）此書後來成為很多現代人回歸自然、儉樸生活的圭臬。

在這本書中，梭羅不僅提到自己儉樸生活的意義，也詳述實踐這些生活的步驟與做法。其中一項提到每天早晨起床，都象徵生命新的一頁，所有智慧也跟著早晨而甦醒（"All intelligences awake with the morning."）。每個早晨都是愉悅的邀請，讓他體會那種單純、簡單，與大自然結合的生活形式："Every morning was a cheerful invitation to make my life of equal simplicity...with Nature herself."。對散文家而言，早晨代表一種清醒、一種期望、也是拋棄昨日挫折與失望，重新開始的契機。

現代人不管是上班或上學，每天早上大都匆匆忙忙或睡眼惺忪，多數人太晚睡了，將一天的疲倦累積到了第二天，永遠沒有清醒或愉悅的甦醒，無法單純、純真地面對外在世界。

早晨愉悅的甦醒，或許對很多年輕人來說，是個奢求。

前一陣子,討論台灣跟大陸學子競爭力的指標,竟是大陸學生很早起來讀英文、校園一早就很熱鬧;台灣早上的大學校園非常冷清,看不到學習的熱度。為何高中時代可以早起,上了大學早上就起不來呢?

「早起」是種象徵,是種對自己未來的期望,也是自我紀律的要求。「起不來」只是自我放棄的藉口。沒有自制力的大學生,如何成為有競爭力的社會新鮮人呢?實踐大學從這學期實施「早鳥計畫」,就是希望大學生,尤其是大四學生,早上八點上課,來體會 Thoreau 的清晨智慧:"We must learn to reawaken and keep ourselves awake, not by mechanical aids, but by an infinite expectation of the dawn." (我們必須學習醒來,並且讓自己保持清醒,靠的不是機械裝置的協助,而是我們對黎明無限的期待。)

17.

一句英文看天下

"For it was certainly an abominable injustice to drown a man who had worked so hard, so hard."

淹死這麼努力工作的人，實在是不公而令人厭惡。

"The Open Boat"〈海上扁舟〉
Stephen Crane 史蒂芬・克萊恩

※ **abominable** 憎恨的，令人厭惡的

例：It is abominable that many government officials are corrupted.

（很多政府官員貪汙，令人憎惡。）

※ **injustice** 不公平，沒有公義

例：Violation of people's right to equal employment is an act of injustice.

（違反人們平等就業權利，是種不公的行為。）

※ **drown** 淹死

例：Twenty people were drowned to death in that ship accident.

（在那場船難，二十個人溺斃。）

　　這句話出自美國十九世紀的自然主義作家史蒂芬・克萊恩（Stephen Crane, 1871-1900）的一篇短篇小說〈海上扁舟〉（"The Open Boat"）。克萊恩延續美國十九世紀的寫實主義手法，生動描述中低階級的生活點滴。然而，克萊恩的小說面臨現實生活的無奈與挫折，充滿自然主義的色彩與詮釋。

　　自然主義認為整個人類社會發展，受到遺傳及環境的影響。達爾文的進化論對自然主義的作家影響甚深。他們相信，個人基因及社會環境會大大影響個人的性格。寫實主義鉅細靡遺地處理人類社會的黑暗面，自然主義作品則以「科學」的觀點來審視這些黑暗的因子，著重人類罪惡與悲哀的命運。

　　人類悲慘的命運、性格上的缺失、社會環境的不是，都是必然的結果，那上帝或大自然的角色為何呢？難道看著人類的悲哀與受苦，仁慈的神卻無動於衷？沒錯，從自然主義的觀點來看，個人的基因遺傳及毫無感情的自然環境決定著人類的命運，人類無法求助於仁慈上帝的幫忙，只能在這個殘酷的環境中自求多福。

　　這篇〈海上扁舟〉就是充滿這種自然主義的色彩。故事一開始敘述四個人因為所搭的船沉了，困在一艘小小救生艇上，其中船長受傷，需要其他三人（廚師、通信員及機械師）協助划船。他們擠上這艘救生艇，希望順著海岸，能夠到達燈塔處獲得救援。但是隨著海浪增大，看不到任何可以求助的跡象，他們的樂觀漸漸消失。大自然的一切如常，對於他們的處境毫無感覺："The birds sat comfortably in groups, and they were envied by some in the dinghy, for the wrath of the sea was no more to them than it was to a covey of prairie chickens a thousand miles inland." （鳥兒成群舒服地棲息在海上，小船上的人嫉妒牠們。海的憤怒對鳥兒毫無影響，就好像幾千里遠內陸草原上的野雞一樣。）

海鳥與野雞這些大自然生物，代表自然的態度，對於人類的苦難無動於衷。人類在這個苦難的社會中，只能自力救濟，自求多福。即使是旁人，也無法體會身在苦難人們的辛酸。之後，他們來到非常接近海岸的地方，極力揮手，希望岸上人來救援。然而，海灘上的「外人」，以為他們在泛舟享受陽光，絲毫沒有需要任何救助。面對自己的困境，真的也只能自己處理。經過了日夜的折磨，他們奮力划槳，總算越來越近陸地。然而，內心之中，那種悲觀與樂觀的兩種心情，同時湧上。他們問自己："...if I am going to be drowned, why, in the name of the seven mad gods, who rule the sea, was I allowed to come thus far and contemplate sand and trees?" （如果我將淹死，為何，七大瘋狂的天神會讓我到這麼遠，看到陸地及樹木呢？）抱著一絲希望，他們不願向命運低頭，他們會得救嗎？這是大自然給人類的難題！自然主義者就是這樣悲觀地看著我們的人生！

18.

❧

{ "For the literary architecture, if it is to be rich and expressive, involves not only foresight of the end in the beginning, but also development or growth of design, in the process of execution, with many irregularities, surprises, and afterthoughts." }

文學設計，假如要豐富且深遠，不僅要在一開始就能預見結果，在執行的過程中，也與設計的醞釀及發展有關，並且必須處裡許多變數、意外、及事後的想法。

Appreciations《鑑賞》
Walter Horatio Pater 瓦特・荷瑞修・裴特

☒ **architecture** 建築；構造、結構

此處的 literary architecture 指的是文學結構或建構。

☒ **involve** 包含；涉及

例：Policy-making involves a complicate procedure of power struggles and interest sharing.

（政策制定涉及複雜的權力鬥爭與利益分享。）

☒ **foresight** 先見、前瞻

例：The company has the foresight to make an investment on the new technology.

（公司有前瞻思維，投資新的科技。）

☒ **execution** 執行

例：The Ministry of Education is well prepared for the execution of the new educational policy.

（教育部已經準備好，執行新的教育政策。）

☒ **irregularity** 不規則、不合常軌的事物

例：Shouting in public is considered one of irregularities in human behaviors.

（當眾尖叫，被當作是一種脫序的行為。）

　　此句出自英國十九世紀末期的美學家瓦特‧裴特（Walter Pater，1839-1894）的美學評論集《鑑賞》（*Appreciations*）一書。裴特一反十九世紀有關道德與文化掛帥的美學觀念，提出文學結構與風格的純美學鑑賞，開啟了十九世紀末、二十世紀初的美學運動（aesthetic movement）。

　　對裴特來說，任何文學與美學的創作，必得精心設計，而設計本身，如果要豐富且能深遠，必須一開始就能預見結果（foresight of the end in the beginning），也就是創作者，在創作之初，心中就勾勒好整個作品。不僅如此，在執行的過程，仍有些變數或意外（irregularities and surprises）或有一些新的看法（afterthoughts），都要跟著一起考量進去，這樣才能創造一個好的作品，也才是一個好的文學設計。這樣做出來的成品，才是豐富、長久的。

　　好的文學設計如此，我們的人生與生涯規劃，也應符合這種美學創作的過程與思維。學生在計劃自己的未來，念哪個科系，想做什麼工作，都應該能預見結果（foresight of the end）。我常常告訴學生，想想自己十年、二十年後，想過什麼生活，就依照這個目標，開始累積能量。

　　規劃自己的生涯，好比創造一個美好作品。企業進行遠景規劃或政府推動政策也是如此。一開始一定要能夠預測這政策設計所產生的影響或結果，而且在執行過程中，也考量各種不合常軌、意外與事後的修正，但整體的政策發展，仍然在預見的結果中。

　　因此，政府在推動任何好的政策或企業在規劃一個新產品或服務時，首先必有前瞻思維（foresights）。規劃者是否能在一經手某些設計就可以馬上預見結果呢？如果不行，這個政策或計畫就是急就章。而在執行或立法的過程中，也應把立院或民意的變數或意外（或經濟不景氣或某種天然災害）納入事先考量。若不能把這些執行中的「脫序」納入先見，也不能把事後想法納入常軌。就會看到一個好的想法，犧牲在設計不當的過程與執行中。

藝術家若有很棒的想法，但是在美學的設計上卻無法整體規劃，將一切突發的與必要的事件（contingent and necessary things）都納入考量，一定無法成就一個完整的作品。所以，裴特又說："…the contingent as well as the necessary being subsumed under the unity of the whole."（偶然的和必要的，都一起納入在整體之下。）

個人的人生規劃或政府的執政都是一種藝術！完成美好的生涯或好的政策，有如完成一個好的藝術作品：有前瞻的規劃，執行中，能吸納意外或脫序，最後才能創造豐富與深遠的東西（rich and expressive）。

19.

❧

"The future belongs to those who know where they belong. "

未來屬於那些知道自己定位的人。

Divergent《分歧者》

☒ **belong** 屬於

例：My wife and I belong to two different worlds; that is
why we always fight against each other.

（我太太與我屬於兩個不同世界，這就是為何我們老
是爭吵。）

　　這句話出自 2014 年電影《分歧者》（*Divergent*）中的一個領導人物珍寧・馬修斯（Jeanine Matthews 由凱特・溫絲雷 Kate Winslet 飾演）。這是一部類似《飢餓遊戲》（*The Hunger Games*）的青少年反烏托邦（dystopia）的電影。這部電影改篇自美國小說家維若妮卡・蘿絲（Veronica Roth）1988年的同名小說。故事以浩劫後的芝加哥為背景，敘述當時社會在大戰之後，重新建立新次序，將所有人類分為五大派別：克己（abnegation）、無畏（dauntless）、博學（erudite）、直言（candor）及友好（amity）。顧名思義，這五大派別，各以其個性及人格發展為主，被歸在此派別者，依照自己的職責，共同維護這個社會的和平與穩定。

　　這個未來的烏托邦世界，由克己派暫時成為領導者，由於他們的無私奉獻，成為社會的清流，彷彿是理想政治人物。故事的主人翁翠絲（Tris，原名 Beatrice Prior，由雪琳・伍德莉 Shailene Woodley 飾演），出身自克己派，但羨慕無畏派的冒險及活力。

　　電影一開始，所有十六歲的年輕男女，都需經過人格及性向測驗，來歸類自己未來的派別及在社會的位置，這是個嚴格區分角色、地位及社會功能的所謂「理想社會」。因此，博學派的領導人物珍寧就說："The future belongs to those who know where they belong."（未來屬於那些知道自己定位的人。）

　　這真的是「理想社會」嗎？每個人都知道自己的定位與功能，有如孔子所說的「男有分、女有歸」、「選賢與能」嗎？如果每個人都找到自己的定位，那非常好。但是可能嗎？電影及小說的少女主角 Tris 就是身在克己派，但是又有無畏派的活力，也有其他派別的特色，她是無法歸類的分歧者（divergent）！在這種以非常僵硬方式的劃分社會階級，且各個階級都很少有流動機會，看似表面理性與次序，其實內部充滿階級意識（優越感）與權力宰制，甚至出現獨裁與階級的罷凌。博學派自認高人一等，於是利用崇尚武力的無畏派，來奪取政權，開始了一場血淋淋的武力革命。

在這場階級鬥爭中，不同於社會主流意見的分歧者，反而成為這理想社會的最後希望。他們不同於社會「正規」的看法，不受博學派的控制，是這個社會最清醒的人。就連野心勃勃的珍寧也不得不承認：「你們的反抗有某種美感」（"There is beauty in your resistance."）

人類社會要達到所謂各有所斯、各得其所，可能非常困難。我們中間總會有少數的人，無法歸類也無法融入主流思維。但是找到自己的定位，仍然是個很重要的工作，即使籌劃陰謀的珍寧所說的並沒有錯：不可否認地每個人最好能知道自己在社會中的角色與定位。這個社會就掌握在這些人手中，因為他們知道自己要什麼。通常成功都屬於這些人的。

但是，珍寧的錯誤，不在於認定每個人定位的重要性，而在於對於這些派系的僵化思維。難道社會只能分成這些壁壘分明的人群嗎？那些擁有不同派系或多元個性的人，不也是另一種社會主流。作者是否暗示，那些分歧者（大都擁有多元思維與個性者），可能才是領導者應具有的五種品格：克己犧牲、勇敢往前、博學多文、性格真誠、愛好和平。

20.

"The greatest poet hardly knows pettiness or triviality."

偉大的詩人不會拘泥於微不足道的小地方。

Leaves of Grass《草葉集》序言

Walt Whitman 華特・惠特曼

☒ **hardly** 幾乎不

例：He speaks English with a heavy accent; I could hardly understand him.

（他英文口音很重，我幾乎聽不懂他在說什麼。）

☒ **pettiness** 瑣碎，雞毛蒜皮的小事

例：Without any contact with the outside world, he was confined to his own world of pettiness.

（他不跟外在世界接觸，困在自己微小、瑣碎的世界中。）

☒ **triviality** 平凡；微不足道的事物

例：My boss spent too much time on triviality.

（我老闆在小事上花了太多時間。）

　　本句出自於十九世紀美國詩人華特‧惠特曼（Walt Whitman，1819-1892）的偉大詩作《草葉集》（*Leaves of Grass*，1855）的序言。這本詩集以創造美國史詩（American Epic）的格局出發，詩人用第一人稱敘述，挑戰當時的菁英文化傳統，歌頌民主與個人主義。即使詩集中充滿感官、情慾色彩，然而卻大量地使用美國本土文化與個人生活意象，開創美國詩浪漫傳統的先鋒。

　　本詩的前言中，詩人肯定美國文化與美國大眾的獨特性與偉大，認為美國需要一個偉大詩人（bard）與一般民眾（common people）站在一起，發掘這個國家與人民的內在靈魂。然而，詩人與常人不同，因為他預見一切、領導一切。因此，惠特曼說：" The greatest poet hardly knows pettiness or triviality."（偉大的詩人不會拘泥於微不足道的小地方。）「如果他吸收任何曾被認為細微的事物，那麼那些細微就會膨脹，有如萬物生命般顯著。」（"If he breathes into anything that was before thought small, it dilates with the grandeur and life of the universe."）

　　詩人是個文化與社會的領導者；偉大的詩人更要帶領整個社會，展現新視野。但是如果一個領導者整天思考一些瑣碎、細微的事物，那些日常瑣事，就會膨脹，成為領導者唯一的「大事」。因此，詩人說："The poet shall not spend his time in unneeded work. He shall know that the ground is always ready ploughed and manured… He shall go directly to the creation."（詩人不應花時間在不必要的工作。他該知道，土地已經犁好、施好肥……他應該直接生產、創造。）

　　台灣很多領導者，不管是企業界或政府，大都在做犁土與施肥的工作，思考一些瑣碎事物，很難有大格局的作為。很多應該交由部屬做好的工作，卻因領導者對部屬的不信任，也由於「官大學問大」，處處干涉小地方（pettiness and triviality），常常自己跳下來做，養成一切由「老闆作主」的官場或企業文化，間接也造成下屬的無能。

　　一些大格局、前瞻性的思維，如果領導者沒空，也沒心思去開展，只會怪部屬或幕僚工作不確實，但領導者的小鼻子、小眼睛，讓小事變成大事（grandeur and life of universe），一旦出事便怪屬下無能，可能永遠都無法有所做為！

21.

一句英文看天下

"Happy is England! I could be content / To see no other verdure than its own; / To feel no other breezes than are blown / Through its tall woods with high romances blent; / Yet do I sometimes feel a languishment / For skies Italian, …?"

快樂的英格蘭！我已能滿足，/ 不必再多看其他青翠/ 也不再感受別處吹來的微風，/ 透過高聳森林夾雜浪漫樂曲；/ 然而，有時我心中仍湧起對義大利天空的苦戀……

"Happy is England"〈快樂的英格蘭〉
John Keats 約翰‧濟慈

☒ **content** 滿足的、滿意的

例：He was content to see his son's outstanding
performance.

（他很滿意看到兒子傑出的表現。）

☒ **verdure** 翠綠

此處以「翠綠」來表示英格蘭土地的美好。

☒ **romance** 浪漫曲調

原意為浪漫或傳奇故事，但依上下文語意，隱含微風透
過高聳樹林，夾雜著浪漫、抒情的小曲。

☒ **languishment** 衰落、無力

此處指的是擁有強烈渴望而引起焦慮或消瘦，有種苦戀
的味道。

例：He still had a languishment for the dying beauty.

（他仍苦戀那瀕臨死亡的美女。）

　　這句話出自十九世紀英國浪漫詩人約翰‧濟慈（John Keats，1795-1821）的一首十四行詩（sonnet）。年輕的濟慈儘管為疾病所困，但對生命仍懷抱著熱情，對於文學、藝術與身處的英國環境，都懷抱一種驚喜與生命的憧憬。在這首〈快樂的英格蘭〉一詩中，前面八行，從歌頌英格蘭的自然開始，以「翠綠」及「微風」來強調自己身處英格蘭的喜悅；而後的六行，延續這個主題，擁抱女性的細膩及潔白，來傳述對英格蘭本土的感情。

　　然而，儘管詩人已滿足（"I could be content"），但心中仍對於歐洲所展現的浪漫（以義大利為代表），仍有一股渴望，那種焦慮、懷憂的渴望（to feel a languishment or to suffer with longing and pine），期望以阿爾卑斯山為寶座（throne），能坐在上面，忘掉俗世的一切。這種肯定家鄉的一切，但又追求不一樣的藝術與文學天空（for skies Italian），不僅呈現年輕詩人的活力，更能點出其內心對外在寬廣世界的熱情。

　　《看見台灣》這部紀錄片激起大家對於自己土地的熱愛，更由於國外媒體報導或大陸觀光客來台的驚艷，讓大家看到台灣的美好與令人憧憬的一切。但是，最近台灣由於經濟環境不佳，社會問題頻傳，不少人對於自己的困境與各種所謂亂象，充滿不屑與憤怒。這種又喜悅又不滿的雙重情緒與矛盾反應，令人玩味。

　　或許，濟慈可以給我們一些啟發。詩人從小為肺結核（tuberculosis）所苦，其家人也都因此早世。年輕的詩人，無法享受親情與愛情的滋潤，經常面對生離死別及經濟困境。但是他並不因此而怨天尤人或憤世嫉俗，反而以豐富、敏感的心靈，去感受外在世界的美，肯定文學及鄉土的一切，更進一步擴展自己視野，往外看，渴望「義大利浪漫的天空」。在短短二十六年的生命，留下了不朽詩作，也留下了〈快樂的英格蘭〉。

　　這個社會也許未能盡如人意，個人也飽受苦難。但試著學習詩人，放下自己的病痛或不滿，去感受周遭的美，跨越到外在世界或開闊自己更高的視野，或許，我們也可以跟詩人一樣，看見「快樂的台灣！」（Happy is Taiwan!）

22.

"He watches from his mountain walls, and like a thunderbolt he falls."

他從高山壁上觀看；有如雷霆般，他墜落。

"The Eagle"〈老鷹〉
Alfred Tennyson 愛佛德・丁尼生

⊠ **mountain wall**

高山的山壁有如牆一般，故使用 mountain wall。此處老鷹站在高高的山壁上，俯瞰（watches）底下芸芸眾生。

⊠ **thunderbolt 雷霆，閃電**

指老鷹有如閃電般，快速從山壁上，俯衝直下。

⊠ **fall 掉落**

此處使用單音節的 fall，表現從高處掉落的動作，相當簡潔有力；除了與前面的 walls 押韻對稱外，fall 的意象也很直接傳神，勾勒出老鷹從天空往下墜落的氣勢！

例：The temperature fell down after the rain.

（下雨後氣溫下降。）

此句出自英國維多利亞時期詩人丁尼生（Alfred Tennyson，1809-1892）的一首短詩〈老鷹〉（"The Eagle"）。全詩只有短短六行，此處引用的精采句子為最後兩行：

He clasps the crag with crooked hands;
Close to the sun in lonely lands,
Ringed with the azure world, he stands.

The wrinkled sea beneath him crawls;
He watches from his mountain walls,
And like a thunderbolt he falls.

他緊扣峭壁，以彎曲的雙手；
接近烈日，立於孤寂之地，
藍天環繞，他挺立。

波皺海面在其下爬行；
他俯瞰，從高山壁上，
有如雷霆般，他墜落。

老鷹意象：領導者的孤寂、視野與果斷力

老鷹高高在上，用爪子緊緊扣住峭壁，身處於接近太陽的孤寂之處，俯視大地。詩人以老鷹比喻在高位之人，是個領導者，領導者通常是高高在上的，孤單是他無法逃離的命運（Ringed with the azure world, he stands.）。其次，

從山頂上往下看，看到的是爪子底下不停移動翻騰的波浪
（The wrinkled sea beneath him crawls）。身處那麼高的
地方，老鷹能把海浪的細微變化盡收眼底，十足表現敏銳
觀察力。雖然不知老鷹為何墜落，但老鷹俯衝而下（falls）
的果決與決斷力，令人動容。以雷霆之姿迅速行動（like a
thunderbolt），不論下墜的代價為何，是成是敗、是生是
死，老鷹都有放手一搏的勇氣以及果斷力。

　　詩人以老鷹特性，教導我們身為一位優秀領導者應具備
的三個條件──忍受高高在上的孤寂、具有敏銳觀察力與廣
闊視野，以及擁有放手一搏的勇氣和果斷力。以這個標準來
檢視當代領袖或是大企業的主管，可以發現二十一世紀成功
的領導者果真有如丁尼生筆下的老鷹。若沒有老鷹閃電般的
決斷力，如何能領導群眾、屬下呢？

23.

"Heaven knows we need never be ashamed of our tears, for they are rain upon the blinding dust of earth, overlying our hard hearts."

老天爺作證，我們無須為流淚而羞恥，眼淚是撒在令人眼盲灰塵上的雨水、覆蓋我們冷硬的心靈。

Great Expectations《遠大前程》
Charles Dickens 查爾斯‧狄更斯

⊠ **ashamed** 羞恥的；**feel or be ashamed of** 感到羞恥
　例：You don't have to feel ashamed of asking for help.
　　（你不用因為要求別人幫忙而感到羞恥。）

⊠ **overlie** 躺在……上面、蓋在……上面
　例：Don't let ambition and greed overlie your
　　conscience.
　　（別讓野心與貪婪覆蓋你的良心。）

這句話出自十九世紀英國小說家查爾斯‧狄更斯（Charles Dickens，1812-1870）的小說《遠大前程》（*Great Expectations*，1860-61），這是一本孤兒成長小說（Bildungsroman）。故事的主人翁皮普（Pip），以第一人稱自述方式，敘述從小到大後進入倫敦上流社會的種種艱辛與迷失。小說中 Pip 透過回憶與現實世界的交錯出現，以過去及現在的時態轉換，分析自己行為與內心想法，忠實呈現一個孤兒反省與奮鬥的過程。

小說一開始，皮普生活在貧窮姐夫鐵匠 Joe 家中。姐姐強悍無情，但是姐夫卻是個充滿愛心與親情的粗漢。在貧窮而單純的鄉野環境中，皮普與幼時玩伴 Biddy 過著簡單樸實的生活。然而，在偶然機緣下，皮普得到不知名人士的贊助，將前往倫敦成為上流社會一份子。在離開的前夕，儘管對未來生活充滿期望，也將能接近自己喜歡的少女 Estella，皮普仍不自覺地流下眼淚："...in a moment with a strong heave and sob I broke into tears."（一會兒，一陣抽噎，我哭泣起來。）

在離別霎那中，皮普的柔情眼淚還是非常短暫。事後，皮普以現在式的檢討文字來回憶：那時後如果能夠更加體會 Joe 及 Biddy 給他的愛，他可能就不會離開他們，也不會陷入未來虛榮墮落的上流生活，他自言說：人類應該多點感情、多點眼淚，因為眼淚洗滌我們的盲目，軟化我們冷硬的心靈："Heaven knows we need never be ashamed of our tears, for they are rain upon the blinding dust of earth, overlying our hard hearts."（老天爺作證，我們無須因為流淚而羞恥，因為眼淚是撒在令人眼忙灰塵上的雨水、覆蓋我們冷硬的心靈。）

多一些哭泣、多一些感情，我們會體諒別人，也會知道自己錯誤。皮普也說：“I was better after I had cried, than before—more sorry, more aware of my own ingratitude, more gentle.”（哭完後，我變得比以前好，也比以前覺得遺憾，更加知道自己不知感恩，也更加溫柔。）

從小，我們被教導堅強、理性，尤其是傳統教育下，男生必須隱藏眼淚與內心的溫柔，一切以理性與冷靜對待，才是成熟的象徵。感性、溫柔的一面在這個一切講法條或理性的社會中被犧牲了，因此社會充滿說理、對抗與折服對方為主要的運作方式，那種為他人著想、感動別人、同情、憐憫的感性力量都消失了。很多人得理不饒人、以折服別人為自傲、以理性為最高主導原則，甚至認為退讓或妥協是懦弱、以流淚懺悔為羞恥；這種種的理性對抗與感性退場，歪曲了人類最基本的善：同情與感動。

無須為流淚感到羞恥！會流淚的人擁有一顆溫柔的心，也唯有溫柔與真性情，才能讓理性的論述站得更穩！看到小貓被虐待、目擊單親媽媽為生活打拼、聽到一首動人歌曲、參加長輩告別式或是悔恨自己辜負別人感情——而流下感傷與懺悔的眼淚，不僅洗滌了自己盲目的心靈，也強化感性的力量，也才能成為真正的勇者。

24.

"A human being in perfection ought always to preserve a calm and peaceful mind, and never to allow passion or a transitory desire to disturb his tranquility."

一個成熟的人，應該永遠保持冷靜、平和的心，
別讓激情或短暫的慾望，擾亂他的寧靜。

Frankenstein《科學怪人》
Mary Shelley 瑪莉‧雪萊

☒ **preserve** 保持、維持

例：The couple will do whatever they can to preserve the domestic happiness.

（那對夫妻極盡全力，維持家庭的幸福。）

☒ **disturb** 打擾，擾亂

例：Don't disturb me this afternoon; I need to focus on my project.

（今天下午別打擾我，我得專心在我的專案上。）

☒ **tranquility** 寧靜、平靜

例：The siren of an ambulance disturbed the tranquility of the night.

（救護車的鳴笛聲打破夜晚的寧靜。）

　　這句出自英國十九世紀作家瑪麗·雪萊（Mary Shelley, 1797-1851）的曠世巨作《科學怪人》（*Frankenstein*, 1818）。這是部討論「創造」（creation）的科幻小說。瑪麗·雪萊是浪漫詩人波西·雪萊（Percy Shelley, 1792-1822）的妻子，兩人在前往日內瓦的途中，受到詩人拜倫（Byron）影響，開始構思一部超自然的小說。這部小說，據瑪麗所說，成為她成長過程重要的一步："...the moment when I first stepped out of childhood into life."

　　這部小說以多人角度的敘述進行，情節圍繞主人翁Dr. Frankenstein對知識的完美追求，希望了解生命奧祕。Dr. Frankenstein利用閃電的能量，使拼湊的屍體有了生命，創造了人類有史以來第一個無需男女交配所產生的生命體。這種扮演上帝的角色，呼應了浪漫主義對詩人與藝術家的期許：偉大藝術家或詩人，可以透過想像力，創造生命，甚至創造世界。

　　小說以海上探險的華頓船長（Captain Walton）敘述開始，講述他在海上救起了一個怪異科學家 Dr. Frankenstein。透過 Dr. Frankenstein 離奇的故事，Walton 漸漸驚覺創造與探索未知的可怕。原來 Dr. Frankenstein 窮盡人類知識，在實驗室裡創造了人類第一個人造怪物 Monster。這個人造怪物，面貌醜陋，遭受創造者及周遭人類的厭惡，遂展開暴力及邪惡的報復："I will glut the maw of death, until it be satiated with the blood of your remaining friends."（我將滿足死亡的胃口，直到喝飽了你其餘朋友的血。）

　　Dr. Frankenstein 對知識的追求，到頭來，卻產生了一個可怕的怪物、可怕的結果。在悔恨的自白中，他不斷譴責自己不顧一切的科學探索："A human being in perfection ought always to preserve a calm and peaceful mind, and never to allow passion or a transitory desire to disturb his tranquility."（一個成熟的人，應該永遠保持冷靜、平和的心，別讓激情或短暫的慾望，擾亂他的寧靜。）

知識的探索是否應該超越人類道德的極限？科學的研究是否可以忽略人類社會的倫理規範？這些問題，其實也正是二十一世紀科學發展所要面對的議題。基因複製、試管嬰兒、器官複製、生化產品、核能、智慧機器人等——這些人類科技文明的頂尖作品，建立在人類超越自我、追求極限的基礎上。很多社會的倫理規範或道德良知，在這些科技的發展上，漸漸被打破。人類正在扮演上帝無限能力的角色。

瑪麗・雪萊，以批判性的角度，來審視當時十九世紀這樣無窮止盡的浪漫追求，她說："If the study to which you apply yourself has a tendency to weaken your affections, and to destroy your taste for those simple pleasures in which no alloy can possibly mix, then that study is certainly unlawful."（如果你所從事的研究會減弱你的情感，摧毀你對單純樂趣的品味，沒有雜質可以混入，那麼這項研究絕對是不合法的。）科技的發展，增進了人類生活的效率，但是也減低了人與人之間的感情互動。看看現在人人低頭滑手機，很多感情的交流似乎在機器中消失了！科技發展到底對人類是好是壞，可能還有待檢驗！

反對科技高度發展的聲音，經常被認為是種反智論（anti-intellectualism），但是，過度神話科技的神奇力量，是否會將人類推入另一種怪物（monster）的時代？

25.

"I am not pretty. I am not beautiful. I am as radiant as the sun."

我不漂亮，我不美。我光芒四射，有如太陽。

The Hunger Games《飢餓遊戲》
Suzanne Collins 蘇珊‧柯林斯

⊠ **pretty vs. beautiful 漂亮 vs. 美**

pretty與beautiful兩個字語意接近，但是程度略有不同。
一般來說，pretty多指外表，隱含「可愛」的意思，而
beautiful則涵蓋外在與內在的美。用beautiful來形容一個
人的外表，強度肯定超過 pretty。所以，以中文語意來理
解的話，pretty 可以翻成「漂亮」，beautiful 則可以翻成
「美」。

⊠ **radiant 光耀的；光彩奪目；光芒四射**

可以當作某種物體（如太陽）發出閃亮光芒，也可作為
比喻說法，比喻某個人散發光芒、容光煥發。

例：Her healthy skin makes her look younger and more
radiant.

（她擁有健康的肌膚，看起來更年輕，也更容光煥
發。）

⊠ **as... as... 和……一樣**

這是英文用來比較兩者的用法，可以用來比較兩
個人，如：My brother is as smart as all the other
distinguished students in the math contest.（我哥哥跟
其他數學競賽的傑出學生一樣聰明。）而《飢餓遊戲》
的這句話則是將人（I）比喻為物（the sun），是一種修
辭的用法，因為女主角在參加生存遊戲出場時，身穿點
燃火焰的衣服，有如太陽般，表示她像太陽一樣光芒四
射，令人睜不開眼。

　　《飢餓遊戲》是部未來末日小說，描寫未來北美在經過戰爭後，由都城（Capitol）以和平為名，利用高科技，實施高壓統治周遭的十二個貧窮區域。此外，每隔一段時間，會強迫各區派出一對青少年參與所謂的飢餓遊戲。任由二十四位十幾歲的年輕人自相殘殺，為生存而戰。

　　女主角Katniss是個充滿責任感的女生，在眾多健壯男孩環伺與冷酷無情的上流社會之中，慢慢了解自己的優勢，她在開始的戰士遊行（parade）中，被打扮成火焰女孩（the girl on fire），突然發現即使自己並不是最漂亮、美麗的女孩，卻是全場最耀眼的人物，這種自信也讓她在往後的殺戮戰爭中，知道自己的缺點，利用自己的優勢，終於安然地與深愛她的男孩Peeta走出競技場（arena）。

　　在面對很多競爭或壓力時，有些人會太過自信，以為自己擁有天下所有的優勢，有能力，有外表，又有外部資源；有些人則是太過退縮，認為自己學歷不佳，關係不好，長得又不夠體面。太過自信或太過退縮，只會讓自己無法真正面對危機或壓力。只有像女主角Katniss那樣真正了解自己的侷限與缺點（I am not pretty. I am not beautiful.），卻仍保住該有的自信（I am as radiant as the sun.），才能在艱困的環境中生存，進而成功！

　　當周遭的人批評你辦事不力，即使你不是很聰明，但是一定也有自己的長處。這時，你就可以說：“I am not smart.

I am not clever. I am as hardworking as an ant." （我不聰明，也不機靈，但我跟螞蟻一樣勤勞。）

任何人都有缺點，也有長處，但只要了解自己的侷限與弱點、發揮優勢、培養自信，一定能在團體裡展現不一樣的成就。

26.

❧

{ "I believe there's a hero in all of us that keeps us honest, gives us strength, makes us noble, and finally allows us to die with pride, ..." }

我相信,所有人內心都有個英雄,它讓我們誠實,
給我們力量,使我們高貴,最後,允許我們帶著
尊嚴死去。

Spider-Man 2《蜘蛛人 2》

☒ **hero** 英雄

衍生字詞如superhero則指「超級英雄」。文學或電影中常提到英雄,他們能超越自己、犧牲自我,做出超越常人的一些勇敢、高貴行為。

例:A hero is always a person who is able to transcend himself.

(英雄總能超越自我。)

☒ **strength** 力量

指的是身體所能使出的力量或實質力量,如the strength of will(意志力),與power不同,power多指透過 strength 所展現的能力或動力。

例:Jenny is a woman of great strength; she can lift that heavy desk all by herself.

(珍妮力氣很大,她能獨自舉起那張沉重的桌子。)

☒ **noble** 高貴的

a noble person 即指「具高貴情操的人」。

例:It was noble of you to help the poor without asking for any return.

(你幫助窮人而不求回報,情操非常高貴。)

☒ **allow** 允許

例:We are not allowed to drink or eat food on MRT.

(我們在捷運上不能喝飲料或吃東西。)

　　這一句話出自電影《蜘蛛人》三部曲（trilogy）的第二部。蜘蛛人三部曲電影根據美國《漫威漫畫》（*Marvel Comics*）改編，由Sam Raimi導演，在2002、2004、2007相繼推出三集。故事敘述高中生彼得・帕克（Peter Parker）如何變身成超級英雄Spider-Man的過程，其間交雜與高中愛慕對象瑪麗・珍（Mary　Jane）的情愫，探討超級英雄的內心世界以及如何對抗外在邪惡環境。

　　成為一個超級英雄人物，其間所面對的挑戰與掙扎，確實超過一個高中生心智所能處理。編劇與導演在第二集中延續第一集的情節，描寫彼得・帕克面對超級英雄的社會責任與個人生活的兩難：到底要挺身而出繼續扮演英雄，承擔大家對他的期待，甚至犧牲自我？還是回歸平常人，努力過自己想過的生活？

　　在兩面生活的糾葛中，彼得發現自己一事無成，於是決定拋棄蜘蛛人的英雄外衣，努力工作，不再扮演英雄。有天，他探訪嬸嬸梅・帕克（May Parker），聽到鄰居小孩亨利（Henry）對蜘蛛人的嚮往，不禁感到困惑。嬸嬸提醒他，這個社會上具有正義感的英雄已經很少見，小孩的純潔心靈總是期待社會上有人願意挺身而出："...kids like Henry need a hero. Courageous, self-sacrificing people. Setting examples for all of us."（像亨利這樣的小孩需要英雄，勇敢、犧牲自我的人，作為我們的典範。）

　　梅・帕克更指出，其實每個人都有英雄的特質（there is a hero in all of us），因此我們才能誠實面對自己與外在環境（keeps us honest），堅強、有力地面對一切（gives us strength），並具備高貴特質（makes us noble）；最後，甚至願意在英雄行為中，犧牲自己的生命（allows us to die with pride）。

　　美國好萊塢過去十年來推出不少英雄電影，如《鋼鐵人》、《黑暗騎士》、《綠光戰警》等，是否反映英雄行為正是我們這個社會需要的呢？其實，英雄特質也常常出現在周遭人們身上。奮勇跳入水中或火場救人的平常百姓、在路上追逐肇事逃逸車輛的正義哥、在公車捷運指責年輕人不讓位給老弱婦孺的中年男子、拯救流浪狗的熱心人士，或是在班上挺身而出、指責霸凌行為的同學，這些人都是我們內心渴望的英雄，也是我們內心英雄特質的展現。

　　誠然，跟彼得‧帕克一樣，扮演英雄可能得付出代價，也可能會受到傷害，但是這種英雄特質，正是高貴人性最真實的呈現。下次看到眼前發生不公不義的事情，你內心的英雄在哪裡？你會挺身而出嗎？

"I griev'd when summer days were gone; / No more I'll grieve; for Winter here / Hath pleasure gardens of his own."

我悲傷，當夏日遠走時。然而我不再悲傷，因為此處的冬日擁有自己的樂園。

Grasmere - A Fragment〈葛拉斯湖畔─片段〉
Dorothy Wordsworth 桃若絲‧華茲華斯

▨ **grieve** 悲傷、悲哀

　例：We all grieve over the death of the innocent who were brutally killed on the subway.

　（我們都為那些在地鐵被殘忍殺害的無辜民眾哀傷。）

　　這句話出自英國十九世紀浪漫時期的女詩人及散文作家桃若絲・華滋華斯（Dorothy　Wordsworth, 1771-1855）的一首詩〈葛拉斯湖畔—片段〉。這首詩是詩人的生活隨筆，描述她沈醉在所居住小屋及周遭自然的美："Peaceful our valley, fair and green, / And beautiful her cottages, / Each in its nook, its sheltered hold"（我們的山谷平靜，美好又翠綠，其間小屋絕美，在各自角落，在各自的藏身處。）寧靜成就了自然的美，小屋融入其中，居住其中的詩人與大自然儼然無分野，小屋成為「山的小孩」："I love that house because it is / The very Mountains' child."

　　Dorothy Wordsworth 是英國浪漫時期桂冠詩人William Wordsworth的妹妹。兄妹兩人從小在自然長大，深深體會孤獨流浪的美，也能把自我與感情投入大自然中對話，開展英國浪漫主義的風潮。這首詩正是體會不同情感與不同角度的人生觀。在平凡的生活中，透過生活角度的調整，看到嶄新的大自然。

　　這是個冬天的日子，在風雨過後，詩人走入自然，看到不一樣的景色："Until I reached a stately Rock, / With velvet moss o'ergrown. / With russet oak and tufts of fern / Its top was richly garlanded"（我來到一片巨大岩盤，上面佈滿柔軟青苔，枯黃橡樹、叢叢羊齒，岩盤上蓋滿華麗裝飾。）詩人轉身一看，發覺更多冬天的多采多姿，於是不禁道出此句話。

　　大自然的春天固然美麗，花開鳥鳴；但是冬日的自然也有其魅力，只要能夠用不同觀點、不同心態去觀賞，總會找到獨特的美與豐富的色彩。冬日即使沒有花，但是也有令人讚嘆的青苔："What need of flowers? The splendid moss / Is gayer than an April mead; More rich its hues of various green, / Orange, and gold, & glittering red."（何需花朵？華麗青苔比四月草地更加鮮豔，各種綠、橘、金及閃亮紅色，色彩更加豐富。）

　　人生有春天，也有冬天。有人慨嘆自己青春歲月已逝，無法像年輕時候那樣意氣風發，恣意地探索人生；然而年老時候，有不一樣光景，慢下腳步，也可以好好品嚐人生。工作順暢時候，固然可以發揮能力，得到該有的肯定；然而，碰到事業的冬天或工作瓶頸，也可以想想是否應該跟詩人一樣，找不一樣的路？遇到好的老闆或主管，固然有春天的喜悅；而在嚴格且挑剔的主管下工作，也可以學學如何磨練自己的耐力與做事嚴謹的態度；學生面對升學考試，能夠進入好的學校固然可喜，然而，即使不如所願，也無須悲傷，任何學校、任何環境，都有可喜可讚嘆的樂園（pleasure gardens）。

　　過去，我們對外在事物或環境，都只有一種標準。只有春天或成功才是值得雀躍與享受的時刻，但是詩人卻要我們放下對春天的執著，看看冬天的美與樂趣！人生的每個時刻、生活中的順境與逆境，其實都隱藏不同的信息與相對的美好。

28.

❧

"I have no idea what I am supposed to do; I just know what I can do."

我完全不知自己該做什麼；我只知道自己能做
什麼。

Star Trek: Into Darkness《闇黑無界：星際爭霸戰》

▨ **have no idea** 沒有任何概念，不知道

　例：I have no idea where we are.

　　（我不知道我們在哪。）

▨ **be supposed to** 應該（做）……

　此處表示應該做些什麼，但暗示經常沒有做到；有時，
　也用於告知別人該做些什麼事。

　例：You are not supposed to talk to others in the exam.

　　（考試的時候，你不該跟別人講話。）

　　這一句話出自於2013年電影《闇黑無界：星際爭霸戰》（*Star Trek: Into Darkness*）裡寇克船長所說的話。《星際爭霸戰》可說是美國歷史最悠久的科幻電視影集，近年來多部故事重新搬上大螢幕。

　　本科幻影集於1964年由Gene Roddenberry提出構想，模仿《格列佛遊記》，故事描寫人類駕駛太空船企業號（Enterprise）進行太空旅行，探索不同文明。其經典的開場白，常成為人類探索未知事物與科學求新的座右銘："Space, the final frontier. These are the voyages of the starship Enterprise. Its five-year mission: to explore strange new worlds, to seek out new life and new civilizations, to boldly go where no man has gone before."（太空，最後的疆界。這是太空船企業號的旅程，五年的任務是：探索新奇世界，尋找新生命與新文明，勇敢地前往人類未曾踏足的地方。）

　　《星際爭霸戰》經常透過人類世界的認知與異質文明的接觸，反觀當代的人性與社會、文明問題，其靈魂人物：船長寇克（Kirk）及太空船的首席軍官史巴克（Mr. Spock，擔任大副 First Officer）。其中寇克船長，精力充沛，以直覺反應（a gut feeling）及感性的態度帶領太空船及船員，渡過了許多危機；史巴克，半人類半外星人（half-human and half-Vulcan），以理性分析見長，事事講求科學理性與機率分析。兩人個性上的絕對差異，形成這部影集及電影中的重要賣點。

　　電影《闇黑無界：星際爭霸戰》則敘述感情用事但富高

度正義感的寇克，接受追殺聯盟最大敵人的任務。在危急時刻，寇克船長身先士卒，準備前往偷襲敵人。然而理性的史巴克認為，這種行為完全不合邏輯（not logical）。然而，寇克認為，身為領導與創新者，有時無法問自己該做什麼，而是知道自己能做什麼："I have no idea what I am supposed to do; I just know what I can do."

或許很多人會認為寇克船長非常不理性，經常衝動行事，但他具人性判斷的直覺，卻經常能扭轉整個情勢，完成任務。在循規蹈矩的社會中，理性或許是較優先的選擇，但面對危機處理或未知的環境，秉於自己良心，問問自己有何能力做出有利大家的事情。

處處計較自己該不該做（to do or not to do）而裹足不前，不但毫無冒險精神，最後也不會成功。我們應該要問自己有無能力做到？社會上很多創業家在分享成功心得時，重點都不是該不該做，而是有無能力去做，這樣也才有開創精神。

那些成功的創業家，如果當初沒有放棄安穩的工作，或者不認為自己有能力開創事業，現在可能還在領死薪水，他們不問自己該做什麼，而是能做什麼："They have no idea what they are supposed to do; they just know what they can do." 企業號的寇克船長，就是這種敢創新、敢追求的企業典範。

別抱怨自己困在某個工作或人生的某個困境上，你知道自己能做什麼嗎？如果知道，那就去做吧！

29.

> "I only know how to fix things."

我只知道怎麼修理東西。

Wool《羊毛記》
Huge Howey 休·豪依

◻ **fix** 修理

　　例：I'll call the garage to send someone to fix my car.
　　　　（我會打電話給汽車修理廠，派人來修理我的車。）

本句出自休‧豪依（Huge Howey，1975-）的長篇小說系列《羊毛記》（*Wool*）的第一部。這是一系列以末日世界為背景的科幻預言小說。故事講述未來地球由於某種污染不適合人居住。所有倖存的地球人都住在地下一百層以上的地堡中。故事一開始圍繞在第十八個地堡的警長Holston身上，他調查著這地堡的祕密。為何人類在此生存？地堡又如何維繫整個人類的命運？

整套系列小說共有九部，劇情曲折懸疑，作者透過不同敘述者，來解開地堡之謎。然而，解謎並非唯一重點，如何在這個龐雜的地底環境與系統中存活，才是人類面對的難題。小說中的市長 Jahns 知道自己即將老去，於是帶著副市長Marnes到底層（技工生活區），徵召一位女性工頭，來擔任這個地堡的下任市長。

當Juliette聽到受人尊敬的市長要她擔任市長時，頗為驚訝：「我不會知道怎麼做這個工作，我只知道怎麼修理東西。」（"I wouldn't know how to do this job. I only know how to fix things."）。然而，Jahns市長認為她的能力正好適任這個市長工作，讓這個制度運作下去："It's the same thing. You were a big help with our case down here. You see how things work. How they fit together. Little clues that other people miss."（跟妳修東西是一樣的道理。妳之前在我們的案子上幫了大忙，妳看出這些事情是如何運作，如何一起配合，這是其他人都會錯過的小線索。）

讓制度運作或發揮制度優點的人，不是只會談理論或談理想，而是一個實際知道制度如何運作、如何解決問題、如何看出一些細微端倪的人！一個修車師傅或許不懂整個車子機械、電子或設計原理，但卻能一眼看出車子問題；一個沒有管理博士頭銜的老闆，可以識人並以優秀人才為用，才是公司成長的關鍵。一個知道如何讓政府運作、解決政黨惡鬥的人，不一定是要政治學博士；同樣的，能夠看出或解決現今社會問題或經濟難題的，不一定是經濟學院士或教授。

很多人批評台灣現今太多博士或教授治國，無法了解庶民需求。其實博士或教授治國並沒有錯，只是這些教授或博士，太執著於分析與詮釋，將治國當成寫論文，提出一套長遠規畫藍圖，做出偉大結論，卻忽略當前制度的小線索（little clues）或制度中的非理性變數（如反對黨的抗爭或民粹思維），關在自己實驗室裡作研究，有如地堡中那些掌控資訊與知識的IT人員。台灣早期的李國鼎或孫運璿都不是經濟學大師，但他們一眼就看到台灣的問題，他們是解決問題的人（know how to fix things）

一個制度正在瓦解、一套機器面臨改裝，如何一眼看出問題細微，如何去解決，才是好的領導者或執政者。別再賣弄自己的學問，好好跟老師傅學學，好好跟地堡的技工學學，如何修理東西（how to fix things），那才是當務之急！

30.

"I think of everything everyone did for me and I feel like a very lucky guy."

想到每個人為我做的每件事，我覺得自己好幸運。

The Silver Linings Playbook 《派特的幸福劇本》
（改編自Matthew Quick 馬修‧奎克的同名小說）

☒ **think of** 考慮到，想到

例：When I think of my future, I am quite hopeful.

（想到未來，我充滿希望。）

☒ **feel like** 感覺像是，覺得

例：Everyone admires her and she feels like a goddess.

（每個人都讚美她，她覺得自己像個女神。）

　　本句出自 2012 年一部令人窩心的浪漫喜劇《派特的幸福劇本》（*The Silver Linings Playbook*）。此電影改編自美國小說家馬修・奎克（Matthew Quick）的同名小說，敘述男主角派特（Pat）從精神病院回家後，如何從過去婚姻的陰影中走出來。

　　先前妻子外遇，導致派特精神崩潰，必須依靠藥物才能平靜。出院後，在好友安排下，遇見了劇中女主角蒂芬妮（Tiffany，由 Jennifer Lawrence珍妮佛・羅倫斯飾演，並因此角榮獲 2012 年奧斯卡最佳女主角），兩人同受精神疾病困擾，建立了奇特的友誼關係。最後，兩人終於體會到，在艱苦的環境中，總會有光明、正面、互相感動的事物出現，也反應了電影片名中silver linings的意涵。

　　silver linings原本指烏雲邊的銀白色。因為陽光隱藏在後面，烏雲邊常會出現銀白色的外緣，這個詞常被比喻為：即使有極大的不幸事件，隱藏在後的一定還有些光明面。電影中，派特蒙受婚姻的陰影，蒂芬妮的丈夫車禍死亡，兩人陷在人生的烏雲中，但也因為這些困境，讓他們兩人認識，一起練舞，體會真正的愛情是相互扶持，而漸漸看見了烏雲邊的銀白色（silver linings）。

　　電影尾聲，派特感受到周遭的人，不管是家人或朋友，每人都有煩惱與焦慮，也都不是完美的人：父親忙於賭球賽賺錢、哥哥忙於炫耀自己、好友承受家庭的壓力。然而，他們都關心他，雖然只是做些小事，但想到每個人為他做的事，派特覺得自己很幸福："I think of everything everyone did for me and I feel like a very lucky guy."

　　我們每個人都會碰到人生的低潮，在經濟上、情緒上、身體上或家庭上，覺得烏雲罩頂，無法脫身。因此，往往忽略了身旁的人為我們做的一些小事。他們或許無法馬上解決我們認為的「大問題」，但是他們的用心與小小的舉動，可以讓我們感到窩心。試著去發現這些不經意的微小幸福，是否覺得你周遭的人，常常默默地扮演這些銀白色的亮光？

"I wanted to damage every man in the place, and every woman—and not in their bodies or in their estate, but in their vanity—the place where feeble and foolish people are most vulnerable."

我想要傷害這裡的每個男人、每個女人，並非在身體或財產上，而是他們的虛榮——那是個脆弱、愚蠢的人最容易受傷的地方。

The Man that Corrupted Hadleyburg《敗壞海德雷鎮的人》
Mark Twain 馬克‧吐溫

⊠ **damage 傷害**

此處當動詞用，表示傷害某人或某物。

例：Today's earthquake damaged the foundation of the
　　whole building.

　　（今天發生的地震損害了整棟建築物的地基。）

⊠ **vanity 虛榮**

例：珍・奧斯汀在《傲慢與偏見》中有名的一句話：

　　"Vanity and pride are different things, though the
　　words are often used synonymously... Pride relates
　　more to our opinion of ourselves, vanity to what we
　　would have others think of us."

　　（虛榮與驕傲是不同的，雖然這兩個字常互相混用。
　　驕傲指的是我們對自己的看法，而虛榮則是我們希望
　　別人對我們的看法。）

⊠ vulnerable 容易受傷害的

例：My brother becomes very vulnerable after his last
　　marriage.

　　（經歷過之前的婚姻，我哥哥變得很容易受傷。）

　　此句出自十九世紀末期美國小說家馬克‧吐溫（1835-
1910）的一篇短篇小說《敗壞海德雷鎮的人》（*The Man that
Corrupted Hadleyburg*）。此篇短篇小說敘述一個外來客，
以金錢來試探海德雷鎮居民是否誠實。海德雷鎮的居民都認
為自己住在一個誠實的小鎮，並以此為傲。然而，某日他們
得罪了一位外來客，那人心懷不滿，極思報復。最後他想到
了一個絕佳的主意，那就是宣稱要提供一大袋黃金給曾幫助
過他的「恩人」。

　　這袋黃金的誘惑是整個小鎮墮落的開端。因為貪婪作
祟，許多海德雷鎮鎮民都偽造文件說謊。整個小鎮都落入
了這個惡魔的陷阱。外來客其實並未受到任何一位小鎮居
民的幫助，他只是想報復鎮民的虛榮、敗壞這個小鎮的誠
實名聲："I wanted to damage every man in the place, and
every woman—and not in their bodies or in their estate, but
in their vanity—the place where feeble and foolish people
are most vulnerable."，這個撒旦般的外來客，也很自豪地指
出："...the weakest of all weak things is a virtue which has
not been tested in the fire."（未經苦難測試的美德，其實是
最脆弱的。）

　　人性真的是那麼脆弱嗎？看看某客運公司，為了宣傳
新闢的路線，提供了免費試乘票，但是竟然造成幾千人的推
擠。有人從半夜三點開始排隊，最後竟然為了不到一百元的
免費券大打出手，使台灣人自以為傲的排隊文化消失殆盡！
這個客運公司僅以區區一百元的免費券，有如那位敗壞海德
雷小鎮的外來客，測試（或敗壞了）某些人的美德。

　　其實，這種人性試驗也常出現在不同場景。有時百貨公司推出了精品限時搶購，也造成了某些貴婦的推擠與爭吵；某些地方提供免費餐飲，也會出現混亂場面。難道大打出手的人，都買不起一百元的車票或吃不起一碗幾十元的麵食嗎？買得起精品的貴婦，也會斤斤計較折扣與免費贈品？台灣的詐騙集團，也常常測試我們脆弱的人性，打電話告訴你中了大獎或暗示有免費的東西可拿。這一切都是魔鬼的試驗！

　　這些亟欲搶食或搶拿免費物品的人，都不乏衣着體面者，很多也都是平常規矩排隊的上班族或善良的夫妻。曾經有人讚美「台灣最美的風景是人」。但是，看到為了一百元的免費券而爭搶的台灣人，我們不禁要問，這美麗的風景是否已被污染了？

32.

一句英文看天下

"I was angry with my friend; I told my wrath, my wrath did end."

我對我的朋友生氣，我道出了我的憤怒，怒氣也就消散了。

"A Poison Tree"〈毒樹〉
William Blake 威廉‧布萊克

▨ **angry** 生氣；對某人生氣

be angry with somebody；另外在日常生活中，常用 be mad with somebody，也是表示對某人生氣。

▨ **wrath** 憤怒

常用於文學或電影中，表示一種大自然或個人強烈的憤怒。如：the wrath of Zeus（天神宙斯的憤怒）；the wrath of winter 嚴峻的冬天。

　　這句話出自十九世紀英國浪漫詩人威廉‧布萊克（William Blake，1757-1827）的一首詩 "A PoisonTree"〈毒樹〉。以反抗與挑戰權威為主軸的詩人，在詩集《經驗之歌》（*Songs of Experience*）中，描寫社會悲慘與艱難的一面。人類從天真（innocence）進入成熟與經驗的世界，在這過程中經歷了失望、挫折與各種負面情緒。其中這首〈毒樹〉，討論我們成長過程或與人相處時，常有的負面情緒：憤怒（ wrath ）。

　　人與人之間的相處，不管是親人、朋友或同事，都會有些不同意見或誤會，引起一些不愉快的情緒。有時對於越親密的人，憤怒更加強烈。因此，當我們對某些人，尤其是朋友，感到憤怒的時候，該如何處理呢？

　　詩人告訴我們，抒發你的憤怒，告訴朋友，你的負面情緒自然就會消失！"I told my wrath, my wrath did end." 不要累積憤怒，到後來卻傷害自己，也傷害別人。此詩的下半段，談到詩人對敵人累積憤怒，無法宣洩，憤怒遂長成一棵毒樹（a poison tree），敵人反而在樹下享受："My foe outstretched beneath the tree." 憤怒讓自己受害，讓敵人稱快！

　　現代人常常受到很多委屈與挫折，不免有些負面的情緒：憤怒、不滿、挫折或沮喪，這些都是成長不可避免的。然而，也因為這些負面情緒讓我們成熟、成長。別讓這些負面情緒成為別人（尤其是敵人）傷害你的工具，別讓憤怒成為「毒樹」。

　　告訴朋友你的憤怒，傾洩你的負面情緒，好朋友會諒解你，你也會漸漸轉移一些負面情緒。好朋友就是能體諒、諒解你，也能分享負面情緒。幾年前，由於某些誤會，我對一個非常要好的朋友心生不滿。他也對我的一些不合理行為，充滿憤怒。兩人卻沒有找機會明說，我也沒有告知他我憤怒的原因。就這樣產生芥蒂，從此再也不連絡。憤怒與不滿，跟了我好幾年，也由於自己莫名其妙的憤怒，導致做出不理性行為，至今仍是我心中最大遺憾。

　　人生好友不多，憤怒卻不少。紓解自己的憤怒，重拾對別人的好，也是對自己好。套一句《悲慘世界》劇中的話；"It doesn't cost anything to be nice."（對人好，一點都不花錢。）

33.

❧

{ "I wish from my heart it may do so
for many and many a long year to
come — the tradition of genuine
warm-hearted courteous Irish
hospitality, which our forefathers
have handed down to us and which
we must hand down to our
descendants, is still alive among us." }

我內心期望：未來好多年好多年：愛爾蘭真誠、
熱心、有禮的待客傳統，仍然繼續存在我們的生
活當中。這是我們祖先所傳承給我們的，我們也
必須將此傳統傳承給我們的後代。

"The Dead"〈往生者〉
James Joyce 詹姆斯‧喬艾斯

⊠ **tradition** 傳統

　　例：We are proud of our great cultural tradition.
　　　　（我們以偉大的文化傳統為傲。）

⊠ **genuine** 真誠的

　　例：After many years' teamwork, Peter and I have
　　　　developed a genuine friendship.
　　　　（經過這麼多年的合作，Peter 和我已經發展出真摯
　　　　的友誼。）

⊠ **courteous** 親切、有禮貌的

　　例：Bred up in a decent family, Tom is a courteous
　　　　young man.
　　　　（Tom在一個良好家庭長大，是個有禮貌的年輕
　　　　人。）

⊠ **hospitality** 熱情招待；殷勤待

　　例：I am writing to thank you for the hospitality you
　　　　showed to my family when we visited you last week.
　　　　（我寫此封信是為了感謝你，上禮拜至府上拜訪時，
　　　　你對我們家人的熱情招待。）

　　這句話出自愛爾蘭小說家詹姆斯・喬艾斯（James Joyce，1882-1941）的短篇小說〈往生者〉（"The Dead"，1914）。這篇短篇小說選自短篇小說集《都柏林人》（*Dubliners*）。此短篇小說集共15篇，描述二十世紀初處於愛爾蘭的都柏林人，生活毫無重心，沉迷於安逸生活，麻木不仁，渾渾噩噩過日，了無生氣，陷入麻痺（paralysis）的狀態。

　　〈往生者〉這篇小說分成兩部分，前半段描寫這些中產階層的家庭聚會，眾人在豐盛食物及音樂中，體會愛爾蘭親切的待客傳統。小說主人翁Gabriel在餐會中的演講："I wish from my heart it may do so for many and many a long year to come — the tradition of genuine warm-hearted courteous Irish hospitality, which our forefathers have handed down to us and which we must hand down to our descendants, is still alive among us."（我內心期望未來好多好多年都可以維持不變：愛爾蘭人真誠、熱心、有禮的待客傳統，仍然繼續存在我們的生活當中。這是我們祖先傳承給我們的，我們也必須將此傳統傳承給我們的後代。）

　　雖然愛爾蘭的hospitality傳統，令這些安逸的中產階層珍惜與緬懷。然而小說後半段，進入主人翁Gabriel的內心世界，發現Gabriel缺乏對文化與族群的認同與熱情。最後，當他發現太太Gretta有過一段真摯愛情，他突然感受自己生命枯槁，有如雪中的「往生者」一般："His soul swooned slowly as he heard the snow falling...upon all the living and the dead."（他的靈魂緩慢昏厥，當聽到雪……落在所有生者與死者身上。）

　　台灣社會這幾十年的經濟穩定且生活安逸，很多人也沉迷於過去亞洲四小龍的光環中，缺乏對未來的想像與熱情。更可悲的是，我們的傳統也不見了，誠如台積電董事長張忠謀所說的：台灣漸失「勤勞、勤業」的美德。

　　一些人不努力，不好好培養能力，也不願意吃苦，只會怪罪社會給他太低的待遇，勤勞的傳統消失了；投機商人，不腳踏實地做事，也不願負起社會責任，只想到混假油賺暴利，勤業的傳統也消失了！

　　勤勞需要能力與耐心，台灣現今很多資深頂級廚師，如阿基師，哪一個不是當年沒錢念書、在悶熱廚房裡窩了幾十年磨練出來的！勤業需要研發與良心，很多永續經營的企業，哪一個不是投入心血，本著良心開創出來的！

　　當我們都缺乏願景或熱情，至少讓我們台灣能自豪地說：「我們勤勞、勤業的傳統繼續存在我們的生活當中。」

34.

❧

{ "I'll give you a million things I'll never own; I'll give you a world to conquer when you're grown." }

我希望給你我不能擁有的一切；我希望當你長大後，有個世界可以征服。

Miss Saigon《西貢小姐》
Claude-Michel Schonberg 克勞德-米謝‧荀伯格、
Alain Boublil 亞倫‧鮑理爾

◻ **conquer** 征服、戰勝

例：How can I conquer my fear to meet the enemy?

（我要如何才能戰勝恐懼，面對敵人？）

　　這一句話出自於英國皇家歌劇院首演的音樂劇《西貢小姐》（*MissSaigon*，1989）。這齣劇由克勞德—米謝·荀伯格（Claude-Michel　Schonberg）及亞倫·理爾（Alain Boublil）所共同創作。據荀伯格自己所述，這部音樂劇是他看到雜誌中一張照片而有的靈感。照片中一名越南母親試圖將年幼女兒託付給一美國飛官，並請該名飛官尋找女兒的美國父親。這是令人心碎的一幕：母親將永遠看不到自己的女兒，但為了小孩仍做出如此犧牲與決定。

　　《西貢小姐》從 1989 年倫敦公演後，在全世界的演出空前成功。該劇描述一名年輕越南女性Kim（金）愛上了美軍駐西貢大使館的海軍陸戰隊員Chris（克里斯），兩人生下小孩Tam（譚）。然而命運作弄，美軍從越南撤軍後，兩人分離飽受情感折磨。雖然相隔幾年，兩人再度相逢，但是克里斯已另有妻子，為了兒子幸福，金最終選擇自殺，成全克里斯。全劇有如義大利歌劇《蝴蝶夫人》（*Madama Butterfly*），一齣亞洲女性被白人情人拋棄的悲劇。

　　儘管劇情哀傷，作曲家以強有力的音樂塑造本劇的活力與美感，尤其是合唱曲〈生命之塵〉（"Bui-doi,　Dust of life"）及由金主唱的〈我願為你犧牲〉（"I'd　Give My Life for You"）。這首〈我願為你犧牲〉，一開始充滿愛的Kim，望著懷中小孩，唱出："You don't ask me to be born / You, why should you learn of war or pain? / To make sure you're not hurt again / I swear I'd give my life for you." 孩子無辜，並非因其意願出生，卻要飽嘗戰爭與痛苦。母親願意犧牲所有，給予小孩該有的一切。希望小孩長大後，能夠有寬廣世界可以發揮："I'll give you a million things I'll never own; I'll give you a world to conquer when you're grown."（我希望給你我不能擁有的一切；我希望當你長大後，有個世界可以征服。）

無私的母愛或父愛一直是人類所歌頌的高貴情操。父母親經常將僅有的資源給予小孩，希望下一代能有更多發展空間。台灣這一輩的父母親，大抵都經歷貧困年代，很多人沒有好的社會資源、也沒有充裕的物質環境。年輕時打拼賺錢，省吃儉用，犧牲自己享受甚至健康，盡量滿足下一代需求，希望他們受到好的教育，可以去征服世界！這種以「利他」精神出發的打拼與奉獻，成為社會的動能，也是推動國家及人類往前走的正面力量。

然而，現今年輕人接受上一輩的犧牲奉獻，似乎視為理所當然。社會大多數人非常重視自己的權益與享受，任何事情都以「自我利益」出發：「為何要為別人打拼？我賺的錢自己花！」這是一個不為別人負責、也不再犧牲的年代。

上一代的父母犧牲奉獻成就了兒女，但是這一代兒女，他們的努力可能就只回饋到自己身上。如果一個社會缺乏無私的、利他的想法，只想爭自己的權益、只想到自己的享受，那誰來給予下一代可以征服或成長的世界（a world to conquer when you're grown）？

年輕的一代，難道你只想到自己的擁有與享受？上街吶喊抗議的年輕人，你是為自己還是為別人？《西貢小姐》中Kim內心那種無私的愛，難道是種絕響？難道已過時而不復在？

35.

❧

> "I'm nothing like the immortal gods who rule the skies, either in build or breeding; I'm just a mortal man."

我這不如統治天上的神祇，不管是體型或教養，
我只是個凡人。

The Oddyssey《奧德賽》

Homer 荷馬

⊠ **immortal** 不朽、永恆（**mortal** 平凡、有限）
　例：Peter believes that his soul is immortal.
　　　（Peter 相信他的靈魂是不朽的。）

⊠ **build** 體型、體格
　例：Though of medium build, the athlete worked hard to
　　　win the game.
　　　（這運動員儘管體型中等，還是努力贏得了比賽。）

⊠ **breeding** 教養、出身
　例：It is a sign of good breeding to show respect to the
　　　elders.
　　　（尊敬長輩，顯現出他良好的教養。）

　　這是希臘詩人荷馬（Homer）所著的史詩《奧迪賽》
（*The Odyssey*）中的一句話。延續荷馬前一部史詩《伊里亞
德》（*The Iliad*），敘述希臘英雄奧迪修斯（Odysseus）在
打贏特洛依戰爭（Trojan War）後，帶領族人回到祖國伊色
卡（Ithaca）的過程。由於得罪了海神波賽頓（Poseidon）
，奧迪修斯困在海外流浪，從特洛伊的十年戰爭到十年的回
家旅程，足足二十年無法回到妻兒的身邊。

　　奧迪修斯在這個漫長的考驗中，發揮不服輸的精神，抵
擋眾多誘惑，最後終於回到自己國家，擊退眾多垂涎其王位
及美麗妻子的人。奧迪修斯成功歸來，與同一時代希臘英雄
（Achilles阿奇里斯）的表現完全不同。他並非任何天神的
後代，也無天生神力，而是靠著智慧及毅力，協助希臘聯軍
攻破特洛伊城牆，有名的木馬屠城，即是他的獻計。

　　荷馬在此詩中，以奧迪修斯的旅程，象徵人類命運的多
災多難。詩中奧迪修斯儘管英勇抗拒各種不同的挑戰，但是
仍維持一貫的低調作風，最後來到腓尼基人的國度，受到當
地人熱誠招待，才漸漸敞開心胸，揭露自己的身分。然而，
在晚宴中，眾人圍繞著他，想要親耳聽聞他誇耀自己的豐功
偉績時，奧迪修斯卻覺得自己的成功不值得大書特書而道出
這句話。

　　奧迪修斯的成功，並非依靠其天生的才能，而是後天的
努力與堅持。在異國流浪二十年，面對女色、財富及永生的
誘惑，又是什麼樣的毅力，才能讓他堅持回到自己的國家，
護衛妻兒？詩人荷馬在此並非歌頌英雄的才智與能力，而是
讚賞奧迪修斯永不妥協的力量，這又是希臘或西方文化另一

種「英雄」的特質。

　　然而，奧迪修斯更值得我們學習的，不僅是那種堅強的毅力，而是回歸平凡的心態。一個偉大的英雄不以「不平凡」自居，也不以自己出身自豪，認為自己仍是個凡人，無顯赫家世，也無超人的能力。

　　社會上有很多成功的人，有些靠著天生的聰明才智，有些靠著家族庇蔭，有些則是白手起家。不管成功方式為何，都可以作為我們的借鏡。但是，像奧迪修斯這樣回歸平凡，就更加不容易。很多人成功後，就開始自我膨脹認為自己高人一等，有如天神般（immortal　gods），對於任何社會事物，都有自己所謂的「真知灼見」，大放厥詞，誇耀自己的成就。而媒體或大眾，也都一窩蜂的視其為高人一等的先知。因此，我們看到站上高位的官員或政治人物，高談闊論，不可一世；成功的企業家，對於任何議題，如教育及科技發展，提出自以為是的「專業看法」；名人或名嘴，對於任何議題都能擺出專家姿態；以電機或生化為專業的教授，一但獲獎或成名，就開始扮演社會的良知與教育專家。殊不知，不平凡的英雄，貴在知道自己的侷限，抵擋「扮演天神」的誘惑，回到凡人境界，如奧迪修斯一樣，才見其不平凡！

36.

一句英文看天下

"If I cannot carry forests on my back, / Neither can you crack a nut."

如果我無法背負森林，你也無法敲碎堅果。

"Fable " 〈寓言〉
Ralph Waldo Emerson 拉爾夫‧沃爾多‧愛默生

▨ **carry** 攜帶、承載

例：My back is seriously injured; I cannot carry heavy things on my back.

（我的背部受傷；我無法背負重物。）

▨ **neither** 也不

例：I never lied to my parents and neither did my brothers.

（我從未對父母說謊，我的兄弟也不曾。）

▨ **crack** 敲碎、打破

例：The cook cracked the eggs into a bowl and whisked them with sugar together.

（廚師將蛋打入碗中，把蛋和糖打勻。）

　　這句話出自美國十九世紀詩人愛默生（Ralph Waldo Emerson，1803-1882）所寫的一首短詩"Fable"〈寓言〉。這首短詩以動物寓言的方式呈現，一開始提到高山（mountain）跟松鼠（squirrel）爭吵。高山嘲笑松鼠矮小，而圓滾可愛的松鼠則不甘示弱而反擊：你儘管高大，但是這個世界是各種不同事物組成，我這麼小沒有什麼好丟人的："But all sorts of things and weather must be taken in together to make up a year and a sphere. And I think it's no disgrace to occupy my place."

　　充滿自信的松鼠，認為自己即使身高不如人、力氣沒有高山大，但是每個獨立個體都有不同的能力，上天也都安排妥當："Talents differ: all is well and wisely put."。最後，松鼠提出本詩最關鍵、也最富深意的一句話："If I cannot carry forests on my back, / Neither can you crack a nut."（如果我無法背負森林，你也無法敲碎堅果。）

　　愛默生出身牧師家庭，堅持個人獨立自主，於1837年出版《美國學者》（American Scholar），被譽為美國知識界的獨立宣言（Intellectual Declaration of Independence），奠定美國本土意識與文化內涵。引導美國十九世紀的超越論（Transcendentalism），詩人強調個人在整體宇宙間的獨特性與自主性，不斷疾呼肯定自我，他認為任何人在社會中都有不同的價值與功能，要相信自己（trust yourself）。這首短詩也延續這種個人主義，即使身小如松鼠，沒有高山雄偉，但是每人能力與才氣不同，各有其位置，不該貶低能力差或表現不突出的個體。

　　處於競爭激烈的社會中，我們不斷強調菁英人才的重要，但是對於一些能力平庸或無法表現傑出的人來說，卻是殘忍，有時也會造成他人自信心或尊嚴喪失。能力、才氣或外表有些是天生的，無法改變。但是誠如小松鼠所言，每個人對於社會都具不同的價值與貢獻，不該隨意貶抑。

　　很多企業大老抱怨人才不足。但是低階職員或勞力工作者，也都為大老闆提供不同的服務。社會也不可能只有領導者、管理者，不然那些需要勞力的工作，誰來做呢？

　　一個有效的企業管理，不僅是來自於菁英人才的投入，更需要整體員工的配合。與其抱怨沒有人才，不如思維如何把不同能力員工放在適當位置，讓高山與松鼠扮演不同角色，才能創造一完整的企業環境。

37.

一句英文看天下

❧

{ "If you're constantly looking down at your phone, you're not looking at the world around you." }

如果你不斷低頭看手機，你不會看到周遭的世界。

Jack Reacher Novel Series「傑克・李奇」的偵探系列小說
Lee Child 李・查德

※ **constantly** 持續地，不間斷地

例：In a world that is constantly changing, the most important skill to acquire is learning how to learn.

（處於不斷變化的世界中，最需要習得的技能是學習如何學習。）

※ **If S + V, S + V** 如果……，就……

此句型主要用於表示條件的狀況，意為「如果你做了某事，就會發生某種情況」。

例：If you arc hooking yourself to the Facebook all day long, you're not having a real social life.

（如果你整天掛在臉書上面，就不會有真正的社交生活。）

這句話出自當代英國暢銷懸疑（suspense）小說：「傑克・李奇」的偵探系列小說（*Jack Reacher Novel Series*）。作者李・查德（Lee Child，1954-present）在這一系列懸疑故事中，創造了傑克・李奇（Jack Reacher）這個人物：一個憲兵少校，厭倦軍中官僚政治的權力鬥爭，退休後脫離社會體制，成為一個流浪的正義使者。以其軍中警察的偵查經驗與個人敏銳推理與觀察能力，打擊犯罪與揭發陰謀，解決很多懸案。

2012年的《神隱任務》（*One Shot*），就以其中的一個故事改編成電影。湯姆・克魯斯（Tom Cruise）飾演這位體能超乎常人、心思敏銳且具道德正義感的偵探。在電影中，李奇協助警方找出真兇。然而，整部電影或系列小說迷人之處，不僅是撲朔迷離的情節，更是李奇的個人生活哲學與行事風格。他不用信用卡、不穿名牌、沒用行動電話、車子、房子，只靠微薄軍人退休金過著簡單的生活：一套耐穿衣服及一支牙刷。這種反文明的生活，讓他頭腦清晰，以簡單方式來處理複雜案件，提供不同於現代人的思考模式。他認為手機讓人們越來越無法好好地關心周遭的世界："You're not looking at the world around you."

現代社會很少人沒有手機，然而手機改變了我們跟別人或外在世界溝通的習慣。去餐廳吃飯，常會看到一群人在聚餐，但每人卻忙著低頭滑手機、傳簡訊、打卡或上網；明明面對面，卻仍用通訊軟體互傳訊息。人與人之間越來越疏離，無法好好看看身處的世界。很多人去賞櫻、賞桐花，卻不斷用手機拍照、錄影，忽略了好好親身體驗自然的美，用自己的眼睛、耳朵、鼻子好好體驗大自然的氣息！

　　對於李奇而言，人擁有過多的東西，反而負擔更多；他說："Own nothing, carry nothing."（沒有擁有，沒有負擔）。有時放下文明的東西、暫時收起手機，周遭的世界會更美。

38.

❦

{ "In a cold night / There will be no fair fight." }

在寒冷的夜晚，不再有公平戰鬥。

Hunger Game 2: Catching Fire 《飢餓遊戲 2：星火燎原》
主題曲 "We Remain" 〈屹立不搖〉

☒ **fair** 公平的

例：It's not fair that I have to do all the housework and
my sister Jenny doesn't.

（這不公平，我得做所有家事，而我妹妹Jenny不用。）

☒ **fight** 戰鬥、對抗、打鬥

例：The central government was starting a fight against
rising inflation.

（中央政府正對抗不斷高漲的通貨膨脹。）

　　這一句話出自電影《飢餓遊戲2:星火燎原》（*Hunger Game 2:Catching Fire*）的主題曲"We Remain"〈屹立不搖〉。演唱者為美國流行歌后克莉絲汀‧阿奎萊拉（Christina Aguilera）。此主題曲維持之前〈鬥士〉（"Fighters"）的氣勢，克莉絲汀以渾厚的歌聲，唱出女主角 Katniss 再一次面對飢餓遊戲的生死爭鬥時表現出無比勇氣與不服輸的精神。歌手以"We Remain"（屹立不搖:我們仍然繼續存活於此）唱出這段不動搖的決心。

　　該續集電影的劇情，仍延續上一集都城（Capitol）對外圍十二區窮人的打壓。女主角Katniss及男主角Peeta勝利回鄉，為窮苦大眾發出了反抗心聲與帶來了希望。而集權統治的權貴階級，只能再繼續這種殘酷與壓迫的遊戲（game）手段，來壓抑這股浪潮。此次的生存遊戲，目的是要置男女主角於死地，以平息各地的反抗風潮。之前的各區優秀獲勝戰士再度加入戰鬥，其中又加入更多死亡陷阱（如:電擊與毒霧）。一開始，大家都知道這不是一場公正遊戲、也不是一場公平戰鬥:"In a cold night / There will be no fair fight."（在寒冷的夜晚，不再有公平戰鬥。）然而，為了家人、為了所愛的人，Katniss不會低頭，對她而言:"Whatever happens here / Whatever happens here / We remain / We remain"（不管在此地發生什麼 /不管在此地發生什麼 /我們屹立不搖 / 我們屹立不搖。）

　　《飢餓遊戲》三部曲（trilogy）是激勵年輕人勇敢面對困難的小說電影。電影也激勵人心、並帶來西方永不放棄的精神。即使聽來老套，但是這句"In a cold night there will be no fair fight." 卻提醒我們，人生沒有所謂公不公平的爭鬥。最重要的是，你要有能力應付所有一切，能力要超乎敵人的預想，要比敵人想像還要屬害，就不怕這些陷阱與陰險算計。

現今職場上也是如此，很多人常抱怨公司同事或對手會耍手段，以黑函、抹黑的方式攻擊他人或諂媚的方式討好上司、爭功諉過，不憑真本事，根本無所謂公平而言！然而，在競爭中，我們不該陷害別人，但是若對方無所不用其極地使用卑鄙手段，只要儲備自己的能力，使自己有超過對方的本事，能夠找到盟友，如電影中的Katniss及Peeta，你根本不怕這競爭。

政治選舉也是如此，經常聽到有候選人抱怨對方耍陰謀，故意栽贓或爆料，不循正軌競爭。雖然這樣的選舉是不公平的，但是，一旦要投入這種爾虞我詐、勝者為王的戰鬥中，就沒有所謂公平不公平的問題，就別再像小孩子般哭喊說不公平。

沒有任何競爭是公平的，與其抱怨不公平，不如好好培養自己實力，只要你超越對手很多，讓對手摸不清你的底限，最後還是能屹立不搖（We remain）！

39.

❧

{ "In all negotiations of difficulty, a man may not look to sow and reap at once, but must prepare business, and so ripen it by degrees." }

在所有困難的談判中，我們不能期望播種後馬上收割，而必須準備好一切事物，然後讓其慢慢成熟。

" Of Negotiating " 〈論談判〉
Francis Bacon 法蘭西斯・培根

⊠ **negotiation** 談判，協商
  例：Both countries enter into a negotiation for fair trade.
  （兩國都進入協商，希望貿易能對等。）

⊠ **sow and reap** 播種後收割
  sow表示「播種」，reap表示「收割」，此處使用比喻
  （figure of speech）的手法，表示任何事情都必須下功
  夫，才能有收穫。
  例：As a man sows, so he shall reap.
  （種瓜得瓜、種豆得豆。）

⊠ **prepare** 準備
  例：In a difficult business deal, you need to prepare
  yourself for any possibility.
  （在困難的商業交易中，你必須準備好面對任何可能
  性。）

⊠ **ripen** 成熟
  指農作物的成熟，此處為比喻法，表示某些讓事情水到渠成。
  例：Time has ripened his thoughts.
  （時間讓他的想法更加成熟了。）

此話出自英國十七世紀散文家法蘭西斯・培根（Francis Bacon，1561-1626）的〈論談判〉（"Of Negotiating"）。培根是十七世紀知識份子的典範，其散文強調理性的改革及知識的重要性。他認為任何知識都需透過實驗及歸納（by experiment and induction）的方式來累積。一生中寫過不少簡短有力且邏輯論辯清晰的散文，結構嚴謹，比喻傳神，對於公眾關心的主題，如婚姻、愛情、真理、旅行等，提出精闢看法。

篇有關談判的文章，除了提出很多談判時應該注意的事項，如談判最好是面對面溝通，不要使用書面或文字的方式（"It is generally better to deal by speech than by letter."），也提到如果要跟一個人談判，最好能知道對手的本性及風格，這樣才能引導對方（"If you would work any man, you must either know his nature and fashions, and so lead him."）。最後提到，進行任何困難的談判或協商，都不能期望馬上有成果，而必須做好準備，等待時機成熟，讓事情一步步達到目的（"...may not look to sow and reap at once, but must prepare business, and so ripen it by degrees."）

在工作上，很多事情都需要協商，不管是商業上的交易談判或政府的法案政策，都需耐心準備，才能讓政策成熟，達成目的。現今政府很多政策，立意良好且都有長遠規畫，但很多官員卻期望談判的對手（如在野黨或利益團體）能馬上接受，期待播種後馬上收割（to sow and reap at once）。然而，如果準備不周，時機尚未成熟，結果一定又是造成惡質的對抗。此外，必須了解對方的本性、風格，才能引導對方（...know his nature and fashions, and so lead him.），達到期望的結果。完全一味認為自己有理，不管對方的想法或做法，如何能協商成功呢？

　　不僅治國管理如此，人與人之間的溝通、協商也是如此。向老闆提出加薪或換工作的要求，不要期望對方能夠馬上接受（may not look to sow and reap at once），應該想想如何慢慢地、一步一步地（by degrees），製造情勢並做好準備（to prepare business），才能水到渠成（so ripen it）。

40.

一句英文看天下

"In my religion, we're taught that every living thing, every leaf, every bird, is only alive because it contains the secret word for life."

在我的宗教裡，我們被告知，每個生命、每片樹葉、每隻鳥由於包含生命的祕密話語，才充滿生氣。

The Book Thief《偷書賊》

（改編自Markus Zusak 馬克斯‧蘇薩克的同名小說）

☒ **contain** 包含、含有

　例：This soft drink doesn't contain any artificial flavor.

　　（這款飲料不含任何人工香味。）

☒ **secret** 秘密、機密

　例：Teamwork is the only secret of winning in a tug
　　of war.

　　（團隊合作是拔河比賽中獲勝的唯一秘訣。）

　　這句話出自電影《偷書賊》（*The Book Thief*，2013）中一位猶太年輕人的話。此電影改編自澳洲作家馬克斯・蘇薩克（Markus Zusak，1975-）同名小說（2005年出版）。電影及小說都以死神（Death）為第一人稱來說故事，口氣溫馨感人，故事發生在二次大戰德國納粹迫害猶太人的期間，一位喜愛閱讀的十二歲小女生Liesel與養父母及他們收留的猶太青年Max的故事。他們讓Max住在地下室，自此展開一段令人動容的閱讀旅程，陪伴度過這個人類歷史上最黑暗的時期。

　　喜愛閱讀的Liesel利用各種機會閱讀「任何」文字，最後從去鎮長夫人的圖書館「偷取」書籍，與Max分享閱讀的樂趣，也成為了死神眼中的「偷書賊」。面對外在惡劣環境及食物不足，Liesel只有在文字裡，才能得到慰藉。Liesel和Max就此沉浸在文字的想像，也培養出兩人深厚的友誼。

　　作者利用書籍中的知識與文明，來批判納粹的野蠻行為。電影及小說中，都以燒書（burning books）的景象來諷刺納粹的反文明行為。雖然沒有深入探討希特勒扼殺文明的原因，但透過猶太青年Max的啟發，Liesel漸漸體會文字的力量與文明的意義。

　　我們可以看出作者也著迷於知識與閱讀的力量，而有感道出此言。所有萬物都訴說生命奧妙，而這些祕密就存在人類的文明產物，也就是文字之中。不重視文字或書籍的族群，就是不尊重生命。

　　文明與野蠻最大的區別，在於對生命的重視，而對生命的啟發來自於書本的知識。Max又說："That's　the　only

difference between us and a lump of clay. A word. Words are life, Liesel." (這是我們跟一團泥土的區別，文字，文字就是生命，莉賽爾)。文字創造生命！

人類文明可以持續，主要在於文字（書籍）保留了個人及整個族群的智慧。透過文字，我們可以思考、也可以創造不同或嶄新的知識，也讓人類脫離野蠻與殘忍本性。電影中的小女生對於書籍的渴望，超乎想像。文字的魅力，不僅在於知識的傳遞，而更在於文字所建構的抽象世界。

現今社會多媒體發達，越來越多人只是忙著看網路上的影音資訊，或是閱讀短短簡訊。影像或短篇閱讀或許有助資訊的吸收，但是支離破碎的短文或五光十色的影音，降低了我們思考的層次。然而，長篇文字所建構理念世界，可以協助人類思考更深層的意義。因此發掘文字的生命以及有系統的知識，有賴長篇的閱讀。

每當有人問我，如何學好英文，我都簡單地回答：「好好讀完一本三百頁以上的英文書籍，你的英文一定脫胎換骨！」

試問：上次閱讀超過三百頁以上的書籍是什麼時候呢？

41.

"In order to fight monsters, we create monsters of our own."

為了打擊怪獸，我們創造了自己的怪獸。

Pacific Rim《環太平洋》

⊠ **fight** 對抗、打擊

例：My granduncle was a great solider, who fought the Japanese in the Second World War.

（我舅公是個偉大的軍人，在二次大戰對抗日本人。）

⊠ **monster** 怪物、怪獸

例：Peter is a monster in the office; he works all day long, never showing any mercy to his subordinates.

（Peter是個辦公室狂人；他一整天都不停地工作，對於屬下從不寬待。）

⊠ **create** 創造

例：After many hours' work, we finally learned how to create a new app. for our company.

（經過無數小時的工作，我們最後終於學會了如何幫公司創造出新的app。）

　　這句話出自末日科幻電影《環太平洋》（*Pacific Rim*，2013）。這部由日本動漫卡通為基礎改編的科幻電影，延續十九世紀以來外星怪物入侵地球的主題。外星人入侵地球，始自十九世紀英國小說家H. W. Wells的《世界大戰》（*The War of the Worlds*），到最近的《變形金剛》系列電影（*Transformers*）及《雷神索爾》（*Thor*）等，顯現二十世紀以來，對於外來者（aliens）或他者（others）的恐懼，也展現了現代人面對未知巨大力量的無力感。

　　這次，入侵危機不是來自外太空，而是來自海底深溝的時空怪物Kaijus。這部末日電影，除了歌頌人類面對世界危機，所展現的勇氣與感情之外，大抵焦點都在特效上，將日本卡通《無敵鐵金剛》的打鬥風格具體呈現在壯觀的打鬥場景上。整部電影，除了少數幾場人類感情與內心衝突戲外，絕大部分是時空怪獸跟人類所創造出來的「機甲怪獸」（Jaeger）對打。當人類認為傳統武器無法打敗這些日益強大的入侵者，人類也開始創造自己的怪獸："In order to fight monsters, we create monsters of our own."（為了對抗怪獸，我們創造自己的怪獸。）

　　但是人類的怪獸真的不一樣嗎？除了有著巨大的機器人外表外，怪獸還是由人類控制，所使用的武器還是一些大砲、飛彈與核彈，面對外星怪獸的電磁波或脈衝攻擊，還是無法抵擋。更令人吃驚的是，這些人類的機甲戰士還得動用直升機吊掛才能抵達戰場！也就是，「機甲戰士」還真的是人類所拼裝出來的怪獸（monsters）。

　　面對危機與威脅，我們經常也創造自己的「怪獸」來對抗。十年前當我們面對大學競爭、升學考試的怪獸，我們開

啟所謂教改、廣設大學、多元入學及鼓勵升學等來打擊這個
怪獸，卻創造了「教改」這個怪獸，現在各種教育亂象跟著
而來；幾年前，面對官員貪腐的「怪獸」，我們創造了「特
偵組」，現在又有人認為它是司法「怪獸」；面對各大學競
爭力下降，因此有了績效與評比制度，導致以論文數發表來
檢驗老師的現象，創造了論文指標量化的「怪獸」；經濟不
景氣，我們為了拼經濟，創造各種「幾年幾百億的計畫」，
最後都成為一些龐然無用的「怪獸」；面對人才流失，我們
提出一些留住人才優惠法案，最後這些法案可能又會引發
「肥貓」怪獸的攻擊；面對立法、行政、司法單位的效率不
彰，我們創造了「民粹」怪獸，來打擊某些官員與民代。

　　應付眼前問題所創造出的「怪獸」，就能解決問題嗎？
常看到許多針對問題所提的辦法或解決之道，都是拼貼出來
的投機方案或抄襲國外個案的皮毛而來的，完全沒有考量台
灣未來發展、資源分配與國情特殊等因素。這種缺乏前瞻思
考的思維，將會永遠會創造出各種不同的「怪獸」。

{
"In the end, when it's over, all that
matters is what you've done."
}

最終，當一切都結束時，最要緊的是，你所做的
一切。

Alexander《亞歷山大帝》

☒ **over** 結束

　　例：When the winter is over, all those birds will come
　　　　back to the lake.

　　　　（冬天結束後，所有那些鳥都會返回這個湖上。）

☒ **matter** 重要、關鍵、要緊（動詞用法）

　　例：Trust is the only thing that matters in the negotiation.

　　　　（協商中最重要的莫過於信任。）

　　這句話出自2004年由美國導演奧利佛·史東（Oliver Stone）所導演的《亞歷山大帝》。電影依據牛津大學教授Robin Lane Fox（所寫的亞歷山大傳記，敘述希臘偉大的亞歷山大帝（由柯林·法洛 Colin Farrell 飾演）一生的傳奇故事。亞歷山大帝年輕時，受教於希臘哲學家亞里士多德（Aristotle），開啟了他成為英雄、並征服東方的夢想！

　　亞歷山大Alexander在他父親（Philip）死後，成為古希臘城邦馬其頓（Macedonia）的國王，帶領希臘軍隊攻打波斯帝國（Persian Empire），於西元前三百多年，建立橫跨歐亞的希臘帝國。亞歷山大除了擴展希臘領土外，他更打破族群限制，不顧眾人反對，娶了波斯公主。他對那些反對聲音反擊："What disturbs me most is not your lack of respect for my judgment, but your contempt for a world far older than ours."（我覺得最困擾我的，並不是你們不尊重我的判斷，而是你們竟看不起比我們更古老的國家。）他融合歐亞文化的作為，決定了他的偉大，可說是非常具有國際觀的希臘人！

　　英雄的偉大，來自於睿智判斷以及實際作為。在眾人的質疑中，亞歷山大也曾懷疑自己的行為："Have I become so arrogant that I am blind?"（是否我太自大，而變得盲目了？）然而，他還是堅持夢想，好好去做並相信自己可以辦到，這就是其偉大的地方。引用他的好友Ptolemy，在亞歷山大死後，所做的評論："How can I tell you what it was like to be young; to dream big dreams? And to believe when Alexander looked you in the eye you could do anything. In his presence, we were better than ourselves." （我要怎麼告訴你什麼是年輕，什麼是有偉大的夢想？當亞歷山大盯著你的眼睛看你時，你相信你可以做任何事。在他面前，我們是可以超越自己的。）

很多人在年輕時規劃夢想，充滿熱情地想要完成某些事情。然而，隨著年紀越大，阻力、考慮變多後，就不再像以前那樣相信自己可以做到"to believe that you could do anything"。缺乏明智的判斷，也缺乏執行的決心，到後來可能一事無成。

現在，社會上也有很多人喜歡高談闊論或謾罵批評，只會埋怨社會或別人對不起他們，但是自己本身卻不願行動也沒有積極行為，如何能讓人信服呢？政治紛亂、經濟困頓，執政黨缺乏判斷與作為，而在野黨也沉迷於言語批鬥，也提不出解決方案。但是，傳統智慧告訴我們：「行動」勝過於一切的空談。你所做的一切（what you've done），才是最要緊的。

偉大人物在乎歷史評價，而現代人應該在乎對自我的評價：我到底對個人、家庭、社會做了什麼？這些才是關鍵，才是我們最關心的！

43.

"An intellectual is a man who says a simple thing in a difficult way; an artist is a man who says a difficult thing in a simple way."

學者是以困難的方式來談簡單的事;而藝術家則是以簡單的方式來說困難的事。

Notes of a Dirty Old Man《髒老頭的筆記》
Charles Bukowski 查理・布考斯基

※ **intellectual** 學者、知識分子

例：Many intellectuals in this country helped the
government solve the financial problems.
（這國家有很多知識分子幫忙政府解決金融問題。）

這句話出自查理・布考斯基（Charles Bukowski, 1920-1994）的短篇散文集《髒老頭的筆記》（*Notes of a Dirty Old Man*, 1969）。布考斯基是德裔的美國詩人及小說家。他的作品大抵描寫美國一般窮人的生活點滴，充滿社會關懷與批判。不少批評家認為他是美國窮人的代言人。其在洛杉磯的地下報紙《開放城市》（*Open City*）所撰寫的專欄《髒老頭的筆記》，以個人在中下階層的流浪生活為本，記錄所經驗的人事物。

這些生活的點滴成為有趣且精彩的小故事。以幽默及輕鬆的年輕口氣，布考斯基深入的探討自由自在生活的意義。那些沒有高深學問的群眾如何生活，如何處理自己的問題？那些流浪街頭的妓女如何度過艱難的冬夜？在這種拋棄社會規範，投入全然體驗的生活境界，布考斯基因此提出了這個有趣的思考模式。

從觀察街頭生活藝術到自身第一手經驗的生活體驗，作者點出了人文與社會科學的之間的差異，也點出知識分子的盲點。人文或藝術家，對於社會與複雜的事物，往往能夠一眼看到真實的本質，輕描淡寫地幾句話或幾筆就能勾劃出人生的真諦或指出問題的癥結；而社會學者或知識分子，往往透過理智的運作及複雜的實驗，才能來回答社會的問題或找出解決的方案。也就是藝術家將事情簡單化，而社會學家或知識分子將簡單的事情複雜化。

這種不同的思考其實也反應在現在很多企業管理的概念與實務操作。以最簡單的手機產品來看，一開始我們只是單純的打電話，之後在所謂技術頂尖的硬體及軟體高手的努力下，手機功能越來越複雜，也越來越多指令及按鍵，這種將簡單的事務複雜化，大都是專家所擅長的。然而，藝術家則是回到最初的本質。本世紀的賈柏斯（Steve　Jobs），與其說他是個科技人，不如說他是個藝術家。iPhone的設計與理念，就是將手機簡單化。蘋果的手機一開始就只剩下一個按鈕鍵，其他的功能大都以直覺處理。這種化繁為簡的藝術家方式，成為時代的潮流。

有段時間，室內設計或產品設計，走上華麗或多功能的展現，卻也造成更多使用與管理的障礙。近年來的極簡風，從簡單的線條及配色，找到了美的極致，也簡化了我們對於生活的處理。很多企業建立各種不同的管理機制，層層的管理基層與指揮系統，有寫不完的報告，有開不完的會，反而降低了整個公司的應變能力與創新精神。Google與Facebook的成功，在於藝術家創新與簡單的眼光，來處理我們所碰到的問題。Google的搜尋畫面簡簡單單，毫無複雜的選項與路徑；Facebook回應了現代人需要連結自己與外在社會的理念，只有一個簡單的「讚」（like　it），建構了自己跟別人的正面回應與態度。這都是藝術家處理事情的態度。

不僅在企業管理上應該採取以簡單的方式來處理複雜的事務，在個人的生涯規劃或人際關係也是如此。知道自己的能力在哪、限制在哪，就好好的專心在某個事務上面，不要三心兩意；對於自己的情人或伴侶，不管有無特殊節日，或不同意見與爭吵，記得每天睡覺前，說聲「我愛你」，可以的話，再來個親密擁抱，絕對是處理感情最簡單的方式。

現代生活已經夠累、夠複雜了，別再把簡單問題複雜化了！

44.

一句英文看天下

❧

{ "It is funny how some distance
makes everything seem small." }

很奇妙，距離似乎讓所有事物看起來渺小了。

Frozen《冰雪奇緣》

◎ **distance** 距離

例：He is a wise man; he always keeps distance between himself and his reputation.

（他是個有智慧的人，總是讓自己遠離虛名。）

　　這一句話出自2013年迪士尼動畫電影《冰雪奇緣》（*Frozen*）的主題曲"Let It Go"〈放開手〉。這部動畫電影改編自安徒生（Hans Christian Andersen，1805-1875）的童話故事《冰雪女王》（*Snow Queen*），此電影溫馨感人，歌曲動聽，榮獲第86屆（2014）奧斯卡最佳動畫片及最佳原創歌曲。

　　故事敘述一對姊妹間的真摯情感，兩人如何從誤會到相互犧牲，見證人類間最無私的愛，最後終於拯救整個國家及兩人的未來，打破過去王子拯救公主的模式。故事以姊妹間的冒險為主軸。擁有冰雪魔力的姊姊艾莎（Elsa），不知如何控制自己的力量，從小與家人隔離。妹妹安娜（Anna）則渴望姊姊親情，在姊姊加冕當日，魯莽的行動不小心啟動姊姊的魔力；整個國家在艾莎失控下，陷入永恆的冬天（eternal winter）。

　　從小對自己魔力深受苦擾的艾莎，在驚恐中逃離了自己國家，在遙遠的山區建立孤獨的冰雪國度（ice palace）。遠離一切束縛後，不須再擔憂自己魔力會傷害家人及族人。重新找回自己的艾莎，唱出了這部電影最動人的主題曲 "Let It Go"〈放開手〉："A kingdom of isolation and it looks like I'm the Queen / The wind is howling like this swirling storm inside"（一個孤獨的國度，看來我是王后，狂風咆哮有如我內心的旋風。）長久隱藏自己本性，困在孤獨房裡的艾莎，現在終於能解放自己（let it go）。當遠離一切羈絆、原本的內心煎熬，艾莎感受到距離似乎讓所有事物看起來渺小了。

　　我們每個人，在社會期望中或家庭親人的羈絆下經常困在一些無法解開的死結上：生活的壓力、家人或父母間的誤解、情人間的愛恨、辦公室裡的衝突或朋友間過度的期待等等，這些都會激起極大痛苦或內心的風暴。

要如何脫困？如何逃離這些內心的恐懼與風暴呢？這首"Let It Go"〈放開手〉解開我們內心那個經常被誇大的死結。當我們站在遠距離來看一切，很多事情其實都變得不是那麼嚴重。很多當時陷入的重大困境，如果能夠暫時遠離風暴核心，那些衝突與矛盾都看起來都微不足道：被老闆責罵，可能是學習的一部份；與父母親間的爭執，可能是家人表達關心的方式；情人間的愛恨，並非生死大事。

別陷在當下、別困在那個小小的天地，否則一切都被誇大。常看到一些學生失戀或升學不順利、年輕朋友遇到工作挫折時，把當下狀況看作世界末日，不知如何往下走。但是，想想十年後的你，如何看待現在的你呢？將距離拉開十年，現在的戀愛或挫折，或許只是人生的一些片段而已。在現在的我與未來的我，找到距離，就有如艾莎在內心建立距離，讓恐懼遠離："And the fear that once controlled me can't get to me at all."（那曾掌控我的恐懼，再也無法傷害我了。）

45.

∽❦∽

"It is the education which gives a man a clear conscious view of his own opinions and judgments, a truth in developing them, an eloquence in expressing them, and a force in urging them."

教育教導一般人，清楚理解自己的看法與意見，發展自我意見的真理，及能表達的口才和實踐這些意見的魄力。

The Idea of a University《大學的理念》

John Newman 約翰‧紐曼

◪ **conscious:** 知道的，理解的

be conscious of 意為「對某些事物有自覺或了解」。

例：He is conscious of his own shortcomings.

（他了解自己的缺點。）

◪ **develop** 發展，開發

發展或開發的事物不論是具體或抽象的皆可，像是develop a certain ability or some ideas（發展特定能力或某些想法）。

例：After a long time of brainstorming, we develop a theory to solve our problem.

（經過長時間的腦力激盪，我們發展出一種理論來解決我們的問題。）

◪ **eloquence** 口才

指一個人的口才很好，很有說服力。

例：Eloquence is one of the keys to a successful negotiation.

（口才便給是談判成功的關鍵之一。）

◪ **urge** 力行，鞭策，督促

此處當動詞使用。

例：His father urged him to study English.

（他爸爸督促他學英文。）

　　這句話引自十九世紀散文家暨教育家約翰・紐曼（John
Newman，1801-1890）一本討論大學教育的書《大學的理
念》（*The Idea of a University*）。對紐曼來說，大學基本
上並非培養天才的地方："...a University is not a birthplace
of poets or of immortal authors, of founders of schools,
leaders of colonies, or conquerors of nations. It does not
promise a generation of Aristotles or Newtons..."大學並不
保證可以培養如亞里士多德般的偉大哲學家或如牛頓般的天
才科學家，而是用平凡的方法來達到偉大卻平凡的目的（the
great ordinary means to a great but ordinary end）。

　　紐曼認為「大學比較像是教育的地方，而非教學的地
方」（a place of education than of instruction）。在此，
紐曼強調大學不僅傳授（instruct）技藝、實用知識，更是教
育（educate）我們成為有看法、有邏輯推理能力、口才、
及執行力的人（a clear conscious view of his own opinions
and judgments, a truth in developing them, an eloquence in
expressing them, and a force in urging them）。清楚理解自
己的看法與意見，最重的是能有一套強化或支持自己看法的
道理（a truth in developing them），而非固執己見，說不出
任何道理。此外，溝通能力也很重要，要能夠說服別人接受
你的意見，最後還要有堅持與實踐的魄力（a force in urging
them.）。除了有用的知識（useful knowledge）之外，這些
才是大學教育真正的本質。

　　近來大家常常討論大學生進入社會後是否無法馬上進入
職場的問題。很多人認為學用未能配合，學校所學的技術或

知識，無法配合企業。其實我們都誤會了大學教育的功能。大學可以教導一些實用的技術來配合產業，但是產業發展非常快速，今天學會的技術可能明天就落伍了，所以大學除了教授一般的基礎專業能力外，要傳授的並非僅僅是技術（如何操作某些機器、製作財務報表或熟悉國貿流程），而是一輩子受用、能帶得走的知識與才能，也就是紐曼所說的：有看法、有思考、有口才、有執行力的教育訓練。

最近一些台灣雇主對大學生職場滿意度的調查報告，發現台灣大學生的抗壓性、解決問題的能力、理解能力及中英文的表達能力，都是公司不考慮雇用的前幾名。這更印證十九世紀的紐曼所提到的大學教育的重點，一個清楚自己看法、能主動學習、具分析能力、表達能力且有執行力的大學生，絕對是職場上的人才，還擔心自己只值22K嗎？

引用印度影片《三個傻瓜》中的一句話："Pursue excellence and success will chase you."（追求卓越，成功便會追著你！）只要你在大學中好好鍛鍊自己，好的職業就會等著你！

46.

一句英文看天下

"It is very difficult for the prosperous to be humble."

對於成功富裕的人而言，謙卑極為困難。

Emma《艾瑪》

Jane Austen 珍·奧斯汀

◎ **It is difficult for（人）to V（動作）...**
對〈某人〉來說而言…〈某件事〉很困難
這裡的 it 指的是後面 to 所引導的動作（V）或事件。
例：It is very difficult for me to clean up my messy room
 in two hours.
（要我兩個小時內把混亂的房間打掃乾淨，是非常困
 難的。）

◎ **prosperous 繁榮、成功或富裕的**
這裡指的是成功或富裕的人（the prosperous）；「the 形
容詞」表示整體的人或一群人，如：the poor（窮人）。

◎ **humble 謙卑的，謙恭的**
例：The President is of humble birth.
（這總統出身卑微。）

　　十八世紀末、十九世紀初的小說家珍‧奧斯汀（Jane Austen，1775-1817）開啟了英國小說的黃金時期，她的小說不僅探討人性與家庭間複雜的人際關係，其文字更是精彩，充滿令人咀嚼的智慧。這句話引自《艾瑪》中一位充滿魅力的男性Frank所寫的一封信，Frank在信中解釋先前為何說謊、沒有道出自己已訂婚的事實，仍與女主角Emma調情……這封信輾轉落入Emma手中，讓女主角（以及讀者）深刻體會Frank的虛榮與自私。在信中，他為自己的魯莽與自私辯護，提及自身的成功與外界的讚美，讓他進退維谷，無法面對自己的問題。而且一旦隱瞞了一次，他就必須一直圓謊："In order to assist a concealment so essential to me, I was led on to make more than an allowable use of the sort of intimacy..."（為了繼續隱瞞下去，這對我來說很必要，我得利用更多別人允許的親密方式）。

　　成功及富裕固然是好事。我們經常花費許多時間與精力，成為有成就的人，但也經常為了炫耀自己的成就，做出令人無法贊同的行為。小說中的Frank帥氣迷人，又即將繼承大筆財富，成為眾人（尤其是女性）羨慕與追逐的對象。但也由於這種外表光鮮亮麗的成功，讓他忘了自我的本質，無法謙卑，也無法面對自我。現代社會也常有些類似Frank的民眾、藝人或政治人物，往往在成功之後，開始自我膨脹、炫富、耍大牌，說出一般民眾無法認同的自私話語。每次看到這樣的人，就不禁會想起珍‧奧斯汀的這句話！

　　成功人士確實有值得驕傲的地方，不過只要懂得謙卑、行事低調，就能減少傷害別人的機會，以及損害自己好不容易獲得的成就。別忘了《大亨小傳》（*The Great Gatsby*）的開場："Whenever you feel like criticizing any one,...just remember that all the people in this world haven't had the advantages that you've had."（每當你想批評他人時……要記住，世界上並非每個人，都能有你那樣優越的條件。）只要隨時想想別人並沒有你所擁有的優勢，就不會說出可能傷害別人的不當話語。

47.

一句英文看天下

"It sometimes happens that what you feel is not returned for one reason or another—but that does not make your feeling less valuable and good."

有時,你的感受,由於某種原因,沒有獲得回應
——但並不因為如此,你的感情就變得比較廉價
或不好。

Steinbeck: A Life in Letters《史坦貝克:書信人生》
John Steinbeck 約翰·史坦貝克

☒ **reason** 理由、原因

　例：What is the reason for your failure?

　　（你失敗的原因為何？）

☒ **valuable** 有價值的、寶貴的

　例：The teacher provided us with valuable advice
　　　for career development.

　　（老師提供我們有關職涯發展的寶貴建議。）

　　這一句話出自美國小說家約翰·史坦貝克（John Steinbeck，1902-1968）的書信集：《史坦貝克：書信人生》（*Steinbeck: A Life in Letters*）。史坦貝克的著作以關懷弱勢族群為主，描述這些窮困或社會底層人物掙扎及奮鬥過程中，展現堅毅、勇氣與大愛精神。著名小說有《憤怒的葡萄》（*The Grapes of Wrath*, 1939）及《人鼠之間》（*Of Mice and Men*，1937）。

　　他的作品展現美國文學本土特色，並傳達人類在困苦中的偉大心靈，於1962年獲得諾貝爾文學獎。史坦貝克不僅在小說上成就非凡，其書信集更展現對於家人、友人及文學同好的豐富情感。這封1958年回應兒子Thom的信中，展現了他身為父親的溫柔及文人的智慧。信中，兒子坦承瘋狂愛上一位女子，作為父親的史坦貝克很替兒子高興，認為愛是任何人所碰到最美妙的事（"...that's about the best thing that can happen to anyone."）。大膽說出自己愛上某人，坦承自己感情，非常勇敢。

　　然而，有些愛不一定會得到應有的回應，對方可能害羞，也可能另有想法。因此，父親很委婉地告訴兒子：「有時，你所感覺的，由於某種原因，沒有獲得回應——但並不因為如此，你的感情就變得比較廉價或不好。」（It sometimes happens that what you feel is not returned for one reason or another—but that does not make your feeling less valuable and good.）也就是說，勇敢付出自己的感情，說出自己感覺，但別期望對方一定跟你一樣。問題不在於你是否得到同樣的回應，而是那種付出感情的勇氣與真誠，才是最重要，也是人生中最值得珍惜的。

　　現代很多人付出感情，總是期望會有相當的回報。一想到自己對別人付出很多，如果得不到一樣的熱情或真誠回應，就沮喪挫折，或哀聲嘆氣。有些人會自責自己不夠好，甚至有人會指責對方冷漠，心生怨懟。社會上很多仇恨或不幸，都因這種不對稱的感情而發生。真誠付出，才是感情最重要的環節。過度期望與不當要求，只是讓人更加痛苦。

　　感情如此，對於友情或工作的付出也是如此。有人對於朋友無私付出，盡心盡力，最後卻發覺朋友並未擁有同樣強烈的情誼，感受自己被冷落或背棄；有人對工作全新投入，不眠不休，希望獲得長官或同事肯定，然而，這樣賣命，並未換得等值的回報。常常聽人說：「我做到流汗，卻被人嫌到流涎！」。不少人可能就會自暴自棄或心懷怨恨。但是，想想史坦貝克的這句話：“...It sometimes happened that what you feel is not returned for one reason or another....”。勇敢做出想做的，不管是愛情或工作上，價值就在自己的付出，不一定落在別人的肯定上。

48.

"But it was not only the earth that shook for us: the air around and above us was alive and signalling too."

不僅整個大地為我們顫動，周遭的空氣也都活了
起來，傳出信號！

諾貝爾文學獎的得獎感言
Seamus Heaney 西默斯‧希尼

※ **shake** 震動、顫動

例：The house was shaking in the midst of the
thunderstorm.
（在雷雨中，房子門窗皆在晃動。）

※ **signal** 預示、顯示、發出信號
英國用法（signalling）

例：In his pubic speech, the president signaled big
changes in his foreign policy.
（在公開演講中，總統暗示外交政策的重大改變。）

　　這一句話出自愛爾蘭詩人西默斯·希尼Seamus Heaney，1939-2013）接受諾貝爾文學獎的得獎感言。Heaney被認為是繼葉慈（W.B. Yeats）之後，最偉大的愛爾蘭詩人（the most important Irish poet since Yeats）。他於1995年獲得諾貝爾文學獎，很可惜，他於2013年8月30日過世，享年七十四歲。這位從愛爾蘭土地出發，關心人類苦難與心靈成長的偉大詩人辭世！

　　希尼的詩，大都以自己童年的鄉村生活開始，文字簡潔，敘述生動，建構愛爾蘭民族的集體記憶。在這篇諾貝爾文學獎受獎感言"Crediting　Poetry"中，他肯定了詩在他生命中的價值，也推崇詩能如何挖掘人類心靈的記憶，開創有意義的視野。感言中，有如詩作"Digging"或"Follower"般，從自己童年生活談起：他是家中長子，從小住在愛爾蘭鄉村的一間小屋，夜晚經常在夜深人靜的時刻，聽著屋外的聲音：林中的雨聲、天花板的老鼠、屋後鐵軌呼嘯而過的火車使地板震動（a passing train made the earth shake）的聲音，及大人間的對話，有如沉浸在寒冬的睡夢中（in　the doze of hibernation）！

　　不僅大地震動，周遭空氣也跟著騷動（the　air　around and　above　us　was　alive　and　signalling）：樺樹的隨風擺動、收音機傳來BBC的廣播等等，觸動了小孩的心靈："...we were as susceptible and impressionable as the drinking water that stood in a bucket in our scullery...."（我們對於風吹草動敏感，情緒受影響，有如廚房洗水槽、水桶裡的飲用水一般產生漣漪⋯⋯）。水面因外在的震動，產

生了漣漪，微妙地、由內而外擴散，而後歸於沈靜（to ripple delicately, concentrically, and in utter silence）。

希尼從小對外在的敏感與觀察，讓他能夠細膩地體會外在環境，培養愛爾蘭民族的自我意識，也更能深入傳達那份對土地、文化及社會的情感，誠如他自己所說的：那個在臥室聽到屋內外不同聲音的小孩，已經訓練成可以理解大人生活困境的複雜性："...that child was already being schooled for the complexities of his adult predicament,...."。

傾聽外在環境的聲音、關心周遭環境的起伏變化，經常是我們在社會中成功的條件。好的藝術家、管理者或設計師，如果無法培養自己敏感的五官與心靈，要如何去融入環境、體恤別人感受呢？台灣現在的教育，常常以灌輸知識為主，小孩子對於周遭環境的敏感度與關心度，都嫌不足。現在很多年輕人只注意自己的感受與意見，很少開放心胸，去傾聽外在的聲音。很多自我感覺良好的年輕人，大都是因為從小缺乏那種被大地震動、被空氣騷動的感動！

希尼的成就，來自小時候的心靈觸動。台灣的年輕人，你們能感受大地或空氣對你傳出信號嗎？

49.

一句英文看天下

{ "It's hard to find someone with shared experience." }

很難找到一個擁有共同經驗的人。

Captain America: The Winter Solider
《美國隊長 2：酷寒戰士》

☒ **It's hard to + V** 做某件事很難

例:It is very hard to find a decent and cheap apartment in Taipei.

（在台北想要租個不錯且便宜的公寓,非常困難。）

☒ **share** 分享;共同擁有

例:I would like to share this cake with you; it tastes great!

（我想跟你分享這塊蛋糕,好好吃!）

☒ **experience** 經驗

例:It is a wonderful experience for me to travel to the United States by myself.

（一個人獨自到美國旅遊,對我來說,是個很棒的經驗。）

　　這句話出自2014年美國電影《美國隊長2:酷寒戰士》（*Captain America 2: Winter Soldier*）。電影延續第一集的英雄情節，故事來到了二十一世紀。二次大戰的美國隊長，進入二十一世紀，面對更多的挑戰。在這個世紀裡，不再是正義與邪惡分明的時代，是非與善惡變得更加複雜，敵人與朋友更加難分。愛國情操依舊的美國隊長Steve Rogers（Chris Evans所飾演），仍然堅持正義，但是這次，他能清楚地分清楚誰是敵人？誰是朋友嗎？

　　電影描述美國隊長仍然為美國情報單位神盾局（S.H.I.E.D）效命，為維護美國安全與世界和平而戰，然而一連串的意外與陰謀，美國隊長Steve Rogers卻成為神盾局反恐任務小組追殺的對象。原來神盾局已被敵人滲透，美國隊長所面對的敵人酷寒戰士（Winter Soldier）竟是他年輕時的好友。面對這種是非不分、長官背叛、好友成為敵人的複雜處境，一心追求正義的美國隊長，即將接受更多的挑戰。這世界上並不是單純的善與惡，對與錯，這種道德的模糊與正義的歪曲，正是這部續集電影的重點。誠如他的新夥伴獵鷹（Falcon）所說的："How do we tell the good guys from the bad guys?"（我們要如何分辨好人與壞人？）

　　主角黑寡婦（Black Widow）Natasha Romanoff問美國隊長，有沒有女朋友或戀愛過，美國隊長很無奈的回答："It's hard to find someone with shared xperience."（很難找到一個擁有共同經驗的人。）。由於冰凍多年，美國隊長來到現代社會，已經高達95歲，任何人都很難得知他過去的生活背景與想法，唯一跟他一樣出身的酷寒戰士，卻已喪失記憶，無法溝通。在寂寞的現代社會裡,即使對他擁有好感的黑寡婦,都很難體會他的心情。

　　找到一個能夠溝通或擁有相同經驗的人,其實是我們每個人都有的生活經驗。在辦公室裡,希望有人能了解你的想法與為何這樣做的同事,這些人可能是一起打拼的同事;在追尋愛情的過程中,我們也希望能夠有個能夠分享過去生活或經驗的異性,兩人才能擁有共同的話題與想法。這就是為什麼,有時在他鄉遇故知,感到非常地親切,因為那個來自故鄉的人,可以跟你一起分享過去的經驗。這也就是為什麼到了某個年紀,總是會辦同學會,找些老同學,一起回憶、分享年輕時候的荒唐與輕狂。

　　然而,年紀越長,試圖去尋找共享經驗的人,確實越來越難。周遭的朋友來自不同的鄉鎮;辦公室的同事,年紀也都有所差距;身邊的伴侶,可能都是不一樣的出身。這是一個寂寞的時代,也是一個無法分享的時代。即使不是如美國隊長那樣的超人,我們都得面對這種疏離與孤寂的時代隔閡:"It's hard to find someone with shared experience."

50.

❦

{ "Life appears to me too short to be spent in nursing animosity or registering wrongs." }

對我而言，人生似乎太過短促，不該浪費在心懷憎恨或是記住別人做過的壞事上。

Jane Eyre《簡愛》
Charlotte Bronte 夏洛蒂・勃朗特

☒ **appear** 似乎

表示「看起來好像……」。

例：There appears to be a big sale in that department store.

（那百貨公司似乎舉辦正在大拍賣。）

☒ **too... to...** 太……以至於不能……

例：The boy is too young to work at night.

（那男孩年紀太小了，不能在晚上工作。）

☒ **nurse** 懷有、抱持（某種想法）

當動詞用，表示心裡有某種情緒或想法。

例：After losing his job, he is nursing a grudge against the personnel manager.

（他丟了工作後，對人事經理心懷怨恨。）

☒ **animosity** 仇恨；憎惡

表示對彼此的憎恨。

例：Both countries put aside their animosity and fight against the crime together.

（兩國放下了仇恨，共同打擊犯罪。）

☒ **register** 記錄

原意是登記，這裡指的是記錄、牢記在心（to record or keep...in mind）。

☒ **wrong** 壞事

在此為名詞，意為不公平、不法的行為。

　　本句出自十九世紀英國小說家夏洛蒂·勃朗特（Charlotte　Bronte，1831-1855）所寫的《簡愛》（1847年）一書。這本小說內容描寫孤女簡愛（Jane Eyre）悲慘的一生，然而從小困苦的女主角卻能自我肯定、自我成長，最後獲得幸福家庭。

　　簡愛自述一生悲慘命運，從親戚家裡開始，到寄宿學校都備受欺凌，而後進入男主角Rochester的家中當家庭教師（governess），屢遭男主人誘惑，但始終堅持自己女性尊嚴，追求自我獨立，不妥協也不自棄。最後，終於贏得男主人 Rochester 的尊重與愛情。

　　即使她生活上受到外界霸凌，精神上承受感情試驗，卻依然能說出："I care for myself. The more solitary, the more friendless, the more unsustained I am, the more I will respect　myself."（我愛護自己。就算再孤獨、沒有朋友、缺乏支持，我越是要自重。）簡愛可說打破了十九世紀女性的軟弱形象，樹立了獨立自主的美德。她還說："I need not sell my soul to buy bliss."（我無須出賣靈魂來換取幸福。）

　　在困苦環境下成長的女性，堅持自己心靈自由，不憤世忌俗，也不心懷怨恨，內在心靈永遠充滿寧靜與喜悅。對 Jane 來說，生命如此短暫（Life appears to me too short...），怎麼浪費時間怨恨他人或斤斤計較別人的過錯呢？她不怪嬤嬤一家對她的敵意，也不怪學校校長、老師的勢利，更不怪男主角對她精神的壓迫，Jane 面對自己的生活，總能怡然自得："I have an inward treasure born with me, which can keep me alive..."（天生擁有心靈的財富，能讓我活下去）。

　　反觀現代許多人稍有不順利，就會一味怪罪別人；工作無法升遷，就對同事或上司充滿怨懟；夫妻爭吵，永遠都怪罪對方不夠體貼，愛翻舊帳；朋友一旦爭吵，一夕之間就將過去的友誼化為恨意（animosity）。如果我們都沉浸在怨恨的漩渦中，生活非但不會快樂，心靈也永遠不能平靜。怨恨別人其實就是憎恨自己，喪失了我們與生俱來的喜悅。何不學學這位苦命的Jane Eyre忘掉別人的不是，摒棄怨懟，好好活出自我！

51.

❧

{ "Love comes to those who believe it." }

愛降臨在相信愛的人身上。

"That's the Way It Is" 〈就是這樣的方式〉
Celine Dion 席琳·狄翁

☒ **believe** 相信

例：Many people believe that a good command of
English will help their career a lot.
（許多人都相信，英文好對事業會有很大的幫助。）

這是1999年席琳‧狄翁（Celine Dion，1968出生）抒情歌曲"That's the Way It Is"中的一句歌詞。席琳‧狄翁出身於加拿大，擅長法語與英語流行歌曲。聲音富有感染性，被譽為九〇年代流行歌后，與惠妮休斯頓、瑪丹娜及瑪麗亞凱莉齊名。擅長感情豐厚的抒情歌曲，為電影《鐵達尼號》（Titanic）演唱的主題曲"My Heart Will Go On"至今仍令人回味、感動。

這首"That's the Way It Is"延續席琳‧狄翁風格的抒情魅力與主題，談到人在困難、疑慮的時刻，不要放棄，也毋須擔心，因為愛將會戰勝一切："When life is empty with no tomorrow / And loneliness starts to call / Baby, don't worry, forget your sorrow / 'Cause love's gonna conquer it all, all."（當人生茫茫，沒有明日 / 寂寞開始降臨 / 寶貝，別擔心，忘掉煩惱，/ 因為愛即將征服一切。）人生就是這樣，愛也是這樣運作的。只要你相信它，愛就會來到你身邊："Love comes to those who believe it."

席琳‧狄翁有關愛的抒情歌曲大抵與男女之間的愛情有關，但是這首〈就是這樣的方式〉似乎擴大到人與人之間「愛」的感覺，也讓人感受到對愛的執著與信念，如這句歌詞："Don't give up on your faith / Love comes to those who believe it / And that's the way it is"，那種愛的感覺躍然而出！

這句"Love comes to those who believe it."對西方人來說，似乎平常：所有的愛存在相信愛或堅持愛的人身上。然而，對於很少將愛掛在嘴上或放在心上的東方人來說，愛的堅持與信心，好像不是生活中的一部分，也很少作為人生困境的答案。愛到底是什麼？是父母親對子女的關懷？是男女間濃密的情感？還是朋友間相挺的友誼？

在台灣，除了熱戀中的男女外，我們很少談到「愛」的信念與堅持：有些人可能缺乏愛人的能力，因此無法關心別人，整天抱怨別人對不起他，沒人喜歡他；有人將一時的激情誤認為愛情，缺乏對情人的體貼與寬容；有些父母過度干涉或溺愛子女，卻認為是種愛的表達。去愛或被愛，成為很多人不知如何處理的難題。

台灣的教育體制很少去談愛的感覺；在家庭，也不知如何去處理「愛」的問題。培養愛的能力、相信愛的力量，或許是西方電影或歌曲中常見主題，但是生活中，台灣人真的理解如何去愛或實踐愛嗎？

52.

一句英文看天下

> "Love gives you pleasure. And love brings you pain. And yet, when both are gone, love will still remain."

愛能給你歡愉，也能帶來痛苦，即使兩者都離你遠去，愛仍會持續。

Love Never Dies《歌劇魅影 2：愛無止盡》
Andrew Lloyd Webb 安德烈·洛依·韋伯

☒ **pleasure** 喜悅，快樂

在這裡指的是一種快樂、滿心喜悅的感覺。

例：Helping the people in need is always the greatest pleasure in my life.

（幫助有需要的人，一直是我人生最大的喜悅。）

☒ **pain** 痛苦，折磨

pain可以指身體的痛苦，也可以描述內心或精神的折磨。

例：a pain in the head（頭痛）、pain killer（止痛劑）。

I felt a great deal of pain when I knew that my best friend betrayed me.

（知道最好的朋友背叛我，我覺得很痛苦。）

☒ **remain** 延續，持續

某件事或某種回憶仍會留下來。

例：My beautiful memory of the last trip to Tokyo will remain with me for the rest of my life.

（我上次去東京旅遊的美好回憶，這輩子都會陪伴著我。）

　　此句話出自安德烈・洛依・韋伯（Andrew　　　　Lloyd
Webb）於2010年推出的音樂劇《愛無止盡》（*Love　Never
Dies*）的主題曲。此齣音樂劇延續《歌劇魅影》的情節，
女主角克莉絲汀（Christine）與白馬王子勞爾（Raoul）結
婚生下一子，然而先生沉迷賭博，婚後並不幸福。為了還賭
債，Christine來到美國紐約曼哈頓歌劇院演唱，再度與之前
的心靈伴侶「魅影」（Phantom）相遇。克莉絲汀又陷入音
樂藝術所建構的愛情幻想世界中，而主導此幻想世界的「魅
影」，也持續這場永無止盡的愛情冒險！此句出自全劇主題
曲（theme　song），由克莉絲汀演唱，表現出「魅影」內心
對克莉絲汀的迷戀與長久思念，為愛情作見證，讓人感受愛
情的曲折與純真，相當動人。

　　愛如何產生？它會不知不覺進入你的思緒，滲入你的靈
魂（"It slips into your thoughts. It infiltrates your soul."）。
一旦被愛情占領，就無法逃脫。這美麗的詞句道盡了愛情的
神奇之處。然而，愛情並非都是喜悅的，隨之而來的痛苦、
折磨也不少："Love gives you pleasure and love brings your
pain."（愛情能給你喜悅，也能帶來痛苦。）當喜悅與痛苦
漸漸遠去，當愛人不在或兩人無法長久相處，愛情的感覺卻
依然存在（love will still remain）。不論分離是因為外在環
境或其中一人愛上他人，那種愛的感覺仍然會存在心中。激
情過後，留下的仍是甜蜜的回憶。「魅影」的音樂中，指出
「愛」其實充滿了善（good），他對Christine的愛，即使痛
苦，即使愛人遠去，仍然保留了愛的力量。

　　現代男女經常無法體會愛情的本質，兩人相愛時，無

時無刻表現恩愛，彷彿此愛可天長地久。然而，激情過後，開始面對現實，愛情所引發的溫柔與體貼，也漸漸消失，到了最後，愛情所珍惜的那點「善」也消失殆盡，開始惡言相向，甚至做出不理性或暴力行為。韋伯音樂劇的男主角「魅影」，即使無法滿足自身對愛情的渴望，他心中的善念（因愛而起）讓他在第一集放手讓Christine與男友離去，而這個愛的善念持續在續集中發酵，譜出這首〈愛無止盡〉，彰顯 "Hearts may get broken. Love endures."（心破碎了，愛仍會持續。）愛會滲入靈魂，激起靈魂的美。

　　真正愛一個人，即使最後分開，也不會怨恨或報復，而是讓愛的美與善繼續停留（love will still remain）！

53.

一句英文看天下

~~~~~

> "A man can be destroyed but not defeated."
>
> 人可以被摧毀，但不能被擊敗。

The Old Man and the Sea《老人與海》
Ernest Hemingway 恩思特‧海明威

◇ **destroy** 摧毀，毀滅

例：The typhoon destroyed the whole village, causing the casualties of 10 deaths and hundreds of injuries.

（颱風摧毀了整個村莊，造成十人死亡，數百人受傷。）

◇ **defeat** 打敗，擊敗

例：Devoted and energetic, the man from the working class defeated his rich opponents in the election and became the mayor of this city.

（這個人出身勞工階級，但他全心付出、積極進取，在選舉中打敗有錢的對手，成為本市的市長。）

　　這句話出自美國小說家海明威（Ernest Hemingway，1899-1961）的著名小說《老人與海》。海明威出身記者，活躍於美國二〇年代到五〇年代，於1954年獲得諾貝爾文學獎。其重要著作包括《戰地鐘聲》（*For Whom the Bell Tolls*）及《戰地春夢》（*A Farewell to Arms*）。在1920年代，美國知識份子對於歐美文明的幻滅，有很深刻的體會。海明威長期住在法國巴黎，與另一位美國作家費茲傑羅（Scott Fitzgerald，《大亨小傳》的作者），成為美國失落一代（Lost Generation）的代表作家。

　　《老人與海》於1952年出版，是海明威最後一本重要著作。內容描寫年老漁夫聖地牙哥（Santiago）與一隻大魚（a giant marlin）爭鬥的過程。經過了三天三夜，老漁夫總算抓到、殺死這隻巨大馬林魚，然而一群鯊魚跟著過來搶食他的戰利品。用魚叉殺死其中一隻鯊魚後，老漁夫眼看無法抵擋接下去其他鯊魚的強奪。於是他大聲地對自己說："But man is not made for defeat."（人非註定要失敗。），接著，提出本書最重要的主題：人可以被摧毀（destroyed），但是不能被擊敗（defeated），也就是說我們可能無法抵擋外在力量的毀滅、身體受傷，甚至死亡，但是我們內心是永遠不會被擊敗的。肉體可以受傷，但是精神不會崩潰。老人在此代表那種不向人生（此處以 the sea 代表）妥協，也不向困難（此處以 the giant marlin or sharks 代表）低頭的堅持！

　　這句話用一種對比的結構來表達（can be destroyed but not defeated），非常有力，關鍵字在but，表達一種不屈服的精神。一般來說，destroyed這個字比較強烈，意為幾乎被消滅殆盡，但是（but），對老人來說，defeated比較重要。

　　人生很多階段，都會遭受打擊或蒙受損失，剛開始可能還有夥伴跟隨。可是歷經長久奮鬥後，如果一事無成，接下去可能要孤獨地面對更艱辛的挑戰。繼續堅持下去，雖然可能得到成果，但也有可能像書中的老人一樣，無法保持成果過久，別人（如：sharks）眼紅，就會過來掠奪大魚。最終導致精力耗盡，成果也被人瓜分。但是海明威告訴我們：我們不能被打敗（cannot be defeated）。重點不在成果，而在堅持的精神與過程！

　　社會上很多人遭受挫折後，還能站起來面對各種挑戰，但是那種即使喪失一切，卻還能有不服輸、堅持不倒下精神的人，可能會越來越少見了。

54.

一句英文看天下

"Man's yesterday may ne'er be like his morrow / Nought may endure but Mutability"

人的昨天不會和明天相同 / 除了變,一切都不會持續

"Mutability"〈變〉
Percy Bysshe Shelley 波希・必希・雪萊

⊠ **morrow 明日**

tomorrow的文學或古典拼法,如:in the morrow of great victory(勝利的隔日)。

⊠ **nought 零,無**

表示一切都沒有。

例:All the efforts come to nought.

(所有努力都歸零),喻為一切都失敗。

⊠ **endure 持續,持久**

例:Our friendship will endure forever.

(我們的友誼會永遠持續。)。

⊠ **mutability 易變性**

意指容易改變的特性。任何事物只要易於變化,我們會說其具有mutability的特性,像是時尚或天氣。

例:Taking advantage of fashion's mutability, Ms. Wu develops new clothing styles almost every season.

(吳小姐掌握時尚的多變性,每季幾乎都開發嶄新的時裝風格。)

這兩行詩句出於自英國浪漫詩人雪萊（Perc Bysshe Shelley，1792-1822）的〈變〉（"Mutability"）一詩。詩一開始，詩人認為我們有如雲般（clouds），即使能遮蔽耀眼的月亮，但浮雲快速流動，夜晚消失，雲也跟著消失："... yet soon / Night closes round, and they are lost forever."，比喻萬物都在改變之中。

詩人雪萊受到柏拉圖影響，將整個宇宙分成兩個世界：一是現實、受苦、改變的平凡世界；一是永恆、完美的理想世界。他認為，我們現在所處的世界（包括大自然）永遠不斷改變：四季的變化、人類的生老病死、社會的變遷、政治的起伏等。但是，這些變化即使充滿折磨（suffering）與致命性（mortalilty），仍保有活力（energy）與創新（innovation）的特質。這些特質，他認為就是mutability（易變性），也是一切物質變化或社會前進的基礎。

過去，我們常常強調穩定與不變，很多傳統公司守著上百年的基業與產品，成為有名的企業，不但成為社會驕傲，也是眾多人嚮往的公司。然而，面對全球化競爭以及人類求新求變的慾望需求，那種不變的企業，有如詩人所說的 clouds，即使曾經遮蔽月亮，但也正在消逝之中。

當 Sony 仍沉迷於高品質的影音產品，Nokia 仍自豪於傳統手機市場時，不一樣的改變（change）與革命（revolution）正在發生；當美國百年汽車公司，仍在自詡為汽車開創者，但其汽車市場也逐漸在流失！不斷的變化正是人類社會不變的真理："Nought may endure but Mutability."。台灣的 hTC 突破以往格局，走出不一樣的產品路線，正是印證改變才是唯一的出路。現在很多公司一推出新產品或新服務，就開始思考新的改變，可謂mutability開啟創新的思維。

個人也是如此，唯有認清mutability正是人類社會（甚至是商場）重要的法則，每個人都應體認這個改變趨勢，才能走出傳統思維。以前，一個工作可能做一輩子，現在得不斷地換工作或輪調職位，培養自己不同技能；過去，大學生很少，所以很容易找到工作。然而，現在滿街都是大學生，如何面對這種變局？唯有改變自我，才能成長。很多大學生無法適應不同工作環境，也不願去外地或較為辛苦的環境打拚，缺乏磨練，正是缺乏改變的認知。

職場在改變，社會在改變，唯有自己也不斷改變、不斷適應，去嘗試一切，才能發現契機：試著去偏遠地區，試著去海外，試著跑業務，試著進工廠，我們唯有改變，才能適應變化！

大自然在變化，社會在不斷變化，人當然也得變化。變化不一定會變好，但堅持改變，仍然有翻身的機會。誠如詩人雪萊在〈西風頌〉（"Ode to the West Wind"）最有名的一句話："If Winter comes, can Spring be far behind?"（冬天來了，春天還會遠嗎？）

55.

❧

{ "Nearly all aircraft accidents are the results of a sequence of events. We call it a cascade." }

幾乎所有飛機的意外都是一連串事件造成的。我們稱做連鎖串聯反應。

Airframe《最高危機》
Michael Crichton 麥可・克萊頓

☒ **sequence** 順序、連續

a sequence of events 指的是一連串依照某種次序發生的事件。

例：His death is the result of a sequence of abuses.
（他的死亡是由一連串的凌虐造成。）

☒ **cascade** 小瀑布

本意指一連串的小瀑布中的一支，由上而下，一層一層流下來。此處延伸為事件有如小瀑布般，連鎖、串聯而下。此字可當名詞，也可當動詞。

例：We watched the spectacular waterfall cascade down the mountainside.
（我們看著壯觀的瀑布順著山坡傾瀉而下。）

☒ **airframe**

指飛機的機身

本句話出自美國科幻驚悚作家麥可·克萊頓（Michael Crichton，1942-2008）的一部科幻驚悚小說（Sci-Fi Thriller）《最高危機》（*Airframe*，1996）。這是一部描寫調查飛機失事的懸疑故事。故事情節隨著諾頓航空公司（Norton Aircraft）的品管副總裁凱西·辛格頓（Casey Singleton）介入開始，調查該公司一架最新穎的廣體客機，在洛杉磯國際機場緊急降落意外，造成三人死亡及五十多人受傷。

克萊頓的科幻小說，大抵利用一些科技知識，加上冒險、懸疑及驚悚的成份。最有名的小說《侏羅記公園》就是顯著的例子。《最高危機》也不例外。作者研究發現，商用客機是人類所製造出最複雜的大型機器之一。一架客機大約由兩百萬以上的零件組成，要維持所有零件完美無缺，幾乎是個不可能的任務。

但是，任何飛機的失事卻非單一的事件（如單一零件故障、亂流或人為操作）所引起的。反而是一連串事件的串聯所引起的 （the results of a sequence of events）。小說的女主角Singleton在最後真相大白時說："It's never one thing. There's a chain of events, one after another."（從來不會是單一事件，那是一連串事件的連鎖反應，一件接一件。）。在此事件中，從零件維修到人為疏失以及一連串偶發事件，才導致飛機失事。

任何災難或悲劇的形成，都有類似狀況。小至個人車禍，不管是煞車失靈或零件故障，平常雖然都有跡可循，但我們經常忽略。也許突然遇到天氣或路況不好，或剛好有些突發情形（如恍神或包包掉出車外），車禍就發生了；大至社會事件也是如此，狂犬病疫情，絕非到今日才突然爆發，應該有些跡象，但我們選擇忽略，加上一些環境與人為一連串因素連鎖發生，終造成今日後果；士官禁閉死亡事件也是如此，從身體不適、操課不當、人為操控及制度濫用等，一連串的事件連鎖發生，才會造成悲劇。

商場上，也常出現這種連鎖事件，公司推出一項產品或服務，通常經過層層技術開發、市場調查、行銷與決策的過程，但往往產品或服務一推出，就被譏為「腦殘」。原因為何？就是在這一連串的決策過程中，一個簡單錯誤的指示，中間缺乏有個指出「國王新衣」的人，導致下個連串的錯誤決定，最後導致失敗收場。

很多公司或政府決策失敗，常常怪罪單一原因。但是，誠如小說最後所說的："...it was surely unreasonable to blame it on a bad part."（怪罪單一壞零件，當然非常不合理。）在一連串的連鎖效應中，如果有人願意「挺身」而出，阻止連串事件的一環，悲劇就不會發生。

56.

❧

"O Lady! We receive but what we give."

啊，女士！先付出，才能有所得。

"Dejection: An Ode" 〈沮喪：一首頌歌〉

Samuel Taylor Coleridge 山姆·泰勒·科勒律治

⊠ **receive** 收到、接收

例：Peter received the praise he deserved when his project
was proved to be a successful one.

（當Peter的計畫最後成功，他獲得了應得的讚美。）

　　在此詩作中，英國十九世紀浪漫詩人柯勒律治（Samuel Taylor Coleridge，1772-1834），談論在心情沮喪時，如何獲得生命的力量。在死亡、衰老的陰影與威脅逼近時，詩人發現只有他自己先付出誠摯的心，打開自己的心胸，才能得到新生的力量，也就是「先付出，才能有所得！」（"We receive but what we give."）。現實社會中，具有這種「付出想法」的人越來越少了，很多人都認為自己要有所收穫、成就，就一定要去極力爭取，打敗所有的挑戰者，才能成為頂尖的人！

　　柯勒律治的這段話大概從大學時代就留在我腦海中。然而，直到我進入了美國佛羅里達州立大學，攻讀英美文學博士，在一門愛爾蘭文學課堂上，碰到一位猶太裔的美國同學，才真正體會這行詩句在歐美文化中的涵意。

　　這位美國同學，年近五十，才來讀博士。在這之前，他已從哈佛大學英文系畢業，拿到文學碩士，並立志當個作家。因此，他放棄了某美國知名週刊編輯工作，來這所大學攻讀文學創作（creative writing）博士。佛州州立大學，絕非美國排名頂尖的名校，但提供了一個優良讀書環境。當我質疑這位哈佛碩士，為何來到這個州立大學讀書，而不是進入美國常春藤名校，他這麼回答我：「這個學校，可能會因為我，而成為名校。」他進一步說，當我們為這個學校付出，這個學校就會讓我們獲得該有的名聲，他那時就引用Coleridge的這段話："We receive but what we give."。

　　在台灣許多青年學子一直很努力想進明星學校，希望未來能夠頂著明星學校光環，得到別人的肯定，快速得到他們

想要的。然而，想一想，這些明星光環，不僅是前人所付出
的代價，也是我們未來所必須付出努力的。否則這些明星光
環，也可能毀在我們的手中。

　　過去我們都認為成就是自己爭取來的、是打敗別人來
的。然而，我的猶太裔美國同學卻認為成就是來自於付出，
並非憑空而來，更不是沾別人的光所能得到的。常常聽到一
些大老闆說：「你是某個名校畢業的，怎麼能力不行？」也
聽過一些公司的主管說：「你念的學校排在後段，沒想到執
行力還遠超過那些名校出身的！」只要你願意付出，你就會
得到別人的肯定，也會得到你想要的光環。

　　付出是人一生中很重要的過程，有能力的人，才懂得付
出！那些沒有能力的人或能力有限的人，才會斤斤計較。不
懂得付出的人，更不可能有所收穫，因為沒有付出就無所得
（"You receive nothing because you give nothing."）。

57.

❧

"And on that cheek, and o'er that brow, / So soft, so calm, yet eloquent, / The smiles that win, the tints that glow, / But tell of days in goodness spent."

在那臉頰和眉宇上，/ 如此溫柔、寂靜、卻令人心動 / 那迷人的微笑，色澤紅潤 / 訴說那行善的日子。

" She Walks in Beauty" 〈她在美中行走〉
Lord Byron 羅德・拜倫

☒ **eloquent** 富於表現的，有表現力的

原指口才很好，能言善辯。此處指其笑容非常具有表達
力與感動力。

例：Her smiles are more eloquent than lips.

（她的笑容比說話嘴唇更有表達力。）

☒ **tint** 色澤、色彩

例：The mountain is suffused with the summer tints.

（這山瀰漫著夏天的色彩。）

☒ **glow** 發光，發熱

此處指臉上泛紅、發亮，充滿光彩。

例：His face glows with the tints of success.

（他臉上散發成功的光彩。）

　　這句話出自英國浪漫詩人拜倫（Lord Byron,1788-1824）的一首詩〈她在美中行走〉（"She Walks in Beauty"），此乃拜倫描寫美女最有名的一首詩。詩人形容美人，不僅描寫靜態的美，也刻畫出她在美中行走（she walks in beauty）的動態舉止及笑容所展現的良善內心（goodness）。根據拜倫自述，他有次看到表親寡婦穿著黑色喪服走過他面前，被其美貌深深震撼，因而寫下這首詩。

　　本句所引的乃詩中最後一句。整句主詞為"the smiles that win and the tints that glow"，意為迷人的微笑及臉上紅潤的色澤；動詞為tell of，受詞為days spent in goodness，意為「訴說那些美女行善（goodness）的日子」。由於押韻與字詞排列的美感，文字次序有所調動，原來的句子結構為："On that cheek and over the brow, so soft, so calm yet eloquent, the smiles and the tints tell of days spent in goodness."

　　描寫美貌，挑選最動人的部分──笑容與展現的光澤，充滿動態與內心的美。美女有如此動人笑容與紅潤色澤，即使溫柔、寧靜，都很有說服力與感動力（eloquent），因為過去很多日子都花在行善上面（days spent in goodness）。美不僅是外在，更是內心的展現。迷人的笑容是最美的！

　　詩人在這首詩一開始，以顏色來展現美女的氣質：質："And all that's best of dark and bright meet in her aspect and her eyes."（明與暗的絕佳對比，融會在她的外表與眼眸。）；第二段以頭髮的飄動，來展現美女的優雅："...the nameless grace which waves in every raven tress."（難言

的優雅,飄揚於絲絲烏髮中);第三段則以表情來描寫女人的美:"The smiles that win, the tints that glow, / But tell of days in goodness spent."

美除了五官外,詩人還強調神情與舉止的展現。風流如拜倫者,詠歎美人,仍強調容光煥發的外表與良善的內心一定是互相呼應。詩名"She Walks in Beauty."真是神來之筆,美出現在行動(walks)中,在「美中行走」,凸顯外表的耀眼、內心散發的光彩及美的感染力!

現今台灣社會也充滿歌頌俊男美女的風潮。愛美或觀賞美女、帥哥,乃人之常情,無可厚非;但重視外表打扮、耍酷、展現肉體,都只是美的皮毛。外在的形體美其實非常短暫,歲月或時尚一過,形體美的展現也隨之消失。如果沒有內在的優雅或能力襯托,正印證了另一句話:美麗是短暫的!

再說,就算沒有「美麗」的外表,也不用沮喪。「醜陋也不是永遠的!」展現自信的笑容(the smiles that win),良善內心散發出來的光澤(the tints that glow),都會改變你的外貌,讓你在美中行走(walk in beauty)。

58.

> "One Law for the Lion and Ox is Oppression."

單一的律法，一體適用在獅子與牛身上，就是一種迫害。

"The Marriage of Heaven and Hell"〈天堂與地獄的結合〉

William Blake 威廉‧布雷克

⊠ **law** 法律，律法，規定

可以用在法律上，如criminal law（刑法），也可用指出一些法則或規範，如商場所稱的the law of supply and demand（供需的法則）或Murphy's law（墨菲定律。）

⊠ **oppression** 壓迫，迫

例：The angry people fought against the government oppression.

（憤怒的人們抵抗政府的壓迫。）

　　這句話出自十九世紀初期英國浪漫詩人威廉·布雷克（William Blake，1757-1827）所寫的長篇詩作〈天堂與地獄的結合〉（"The Marriage of Heaven and Hell"）。在這首詩作中，詩人顛覆傳統對天堂與地獄的看法，也重新詮釋魔鬼（Devil）的角色。在詩中，Devil是個反抗者，反抗上帝的統治，然而，這種反抗精神，也帶來活力與改革。布雷克利用宗教語言，試圖指出傳統道德束縛的缺陷。

　　在詩的最後，詩人希望人們能從單一的價值觀念解脫，挑戰權威與單一標準。因此，如果使用單一律法（one law）來用在不同的生物（如：獅子與牛）身上，對他們來說，那就是一種壓迫與迫害（oppression）。一是肉食性動物，一是草食性動物，活動的範圍、生活的習性、具備的求生能力，都不盡相同，我們如何能用同一標準來對待呢？

　　我們的教育體制，儘管強調多元，其實都還是套用單一的規定（one law）在不同的學生身上。很多人（包括教育主管、老師、家長）視升學為唯一的指標，會讀書的就是好學生，而活潑好動、充滿創意、反叛性，不喜歡讀書的，就會被歸類為「壞學生」。學校用單一的課本與進度（one law），來要求學習能力不同、教育資源不同的學生。這種單一的標準，造成日後上了大學，卻無法發揮所長或學習自己想要的知識。所謂因材施教、多元能力評量或適性發展，其實都在單一的標準化（one law）中喪失了，這正是一種教育的迫害（oppression）。未來推動十二年國教，如何「不使用」單一標準，照顧不同學習能力的人，也考慮不同職涯傾向的學生，考驗整體社會的多元價值。

　　擴大到政府部門、教育機構或私人企業的管理，也是如此。很多單位要求各部門的評鑑或個人關鍵績效指標（KPI, Key Performance Indicators），通常採用單一標準（one law），一來便於管理，二來可以互相評比：教育單位使用單一的評量指標，使得各個學校（如大學、科技大學）缺乏特色、老師無法發揮不同的專業與專長；企業或政府使用單一的KPI，使得個人缺乏活力與創意，不同專長與功能的人都犧牲在單一框架裡。

　　試問《西遊記》中，唐三藏一行人，如果都使用孫悟空的標準，如何一起完成使命？《水滸傳》的各路英雄好漢，如果只評量每人戰鬥能力，那只不過是群烏合之眾！每人的能力不同，貢獻度與功能也不盡相同，使用單一規定（one law），往往造成假平等、真迫害！整個單位都培養或募集單一思考與價值觀念的人，意味著單位的停滯與僵化。

　　浪漫詩人強調多元與創意，打破單一規範，這就是我們面對未來多元競爭社會，所需要的活力與能量！

59.

❦

"The only means of strengthening one's intellect is to make up one's mind about nothing — to let the mind be a thoroughfare for all thoughts."

唯一能強化才智的方法，就是別對任何事有定見
——讓自己的心成為所有想法的通道。

給弟弟 George Keats 的書信
John Keats 約翰・濟慈

⊠ **means** 方法；手段

例：Diplomacy is the only means of settling the dispute between these two countries.

（外交是解決兩國爭端的唯一手段。）

⊠ **strengthen** 強化；增強

例：Young people nowadays believe that Facebook can be used to strengthen their connections with the outside world.

（現代的年輕人認為，臉書可以用來增強他們與外在世界的連繫。）

⊠ **make up one's mind**
下定決心；對某些事情有所定見、看法

例：The minister has made up his mind about his resign.

（部長對於辭職這件事已下定決心。）

⊠ **thoroughfare** 通道；通路；大路

例：Mary lived close to a busy thoroughfare.

（Mary住在繁忙的大道附近。）

　　本句出自英國十九世紀天才浪漫詩人約翰‧濟慈（John Keats，1795-1821）寫給弟弟George Keats的書信。George與老婆Georgiana結婚後，移民到美國。John Keats經常寫信給弟弟George討論創作理念與對社會的看法。這些書信的風格輕鬆又極具個人情感。形式採取對話方式，充滿個人風采，開創了日記散文（journal essay）的特殊文體。

　　John Keats在1819年寫給弟弟George的這封長信中，提到朋友Dilke的個性與作為。他認為Dilke雖自詡為自由派，對任何事採取開放態度，但實際上，Dilke卻很有定見，在討論任何事情前，都已有所堅持："That Dilke was a Man who cannot feel he has a personal identity unless he has made up his Mind about everything."（Dilke只有在自己作主時，才能感受到自己的存在。）。

　　Keats認為類似Dilke的人很多，總是認為自己才是對的，自己是個頂尖學者，經常將自己的意見強加在別人身上，也不聽別人想法："They want to hammer their nail into you and if you turn the point, still they think you wrong."（他們想要將自己的意見強釘進你身體裡，即使你改變觀點，他們還是認為你錯。）。這些人固執，無法掌握真理，才智也沒有成長。Keats認為真正能持續成長、增強自己心智能力的唯一的方法就是，一開始接觸任何新事物都要心無定見，開放自己，並接受任何的看法，然後再來判斷："The only means of strengthening one's intellect is to make up one's mind about nothing — to let the mind be a thoroughfare for all thoughts."

　　社會上很多人自稱開明，可以接受任何意見，然而心裡早已有定見，每當開會或諮詢別人時，只是一昧希望得到別人的肯定或同意他的「卓見」。

　　任何人只要心有定見，就無法接受別人意見，心智能力也無法繼續成長。因此最好開放心胸，聽聽那些看起來比你差的人所提的意見，讓自己的心成為所有想法的通道（a thoroughfare for all thoughts）──這才是提升自己的最佳方法！

　　連天才詩人濟慈都認為，詩人不能有自我："A poet has no identity."。試問自己：能夠將自己放空，接受別人嗎？

60.

"The people who get on in this world are the people who get up and look for the circumstances they want, and, if they can't find them, make them."

能在社會上出人頭地的人，都是有準備且能找尋所想要環境的人，如果找不到，他們就會創造環境。

Mrs. Warren's Profession《華倫太太的職業》

Bernard Shaw 蕭伯納

◻ **profession** 職業，行業

professional 職業性、專門性的，如：professional athletes 職業運動員。

例：She is an architect by profession.

（她以建築師為業。）

◻ **get on**

get on in this world 在這個世界或社會上出頭、發跡。

例：Well-prepared, he really knows how to get on in this world.

（他已蓄勢待發，知道如何在社會上出頭。）

◻ **circumstance** 情況，環境

例：After many years' toil, my uncle's family are in good circumstances now.

（經過多年辛勞，我舅舅全家現在生活很安逸。）

◻ **the people who get on in this world are ...**

人 who + V.....，此處由who所引導的形容詞子句來修飾前面的名詞the people。在這個世界能夠出頭發跡的人（the people who get on in this world），是整句話的主詞。

這句話出自十九世紀末、二十世紀初期英國劇作家蕭伯納（Bernard Shaw，1856-1950）的劇本《華倫太太的職業》（*Mrs. Warren's Profession*，1893）。蕭伯納出生於愛爾蘭，本來想當小說家，最後卻以寫劇本而廣受歡迎，成為二十世紀英國重要的劇作家。其作品大抵以探討社會現實問題為主，但能以理念辯論的手法，凸顯問題的荒謬性，並提出一些思考方向。批評家認為他創造出理念劇（drama of ideas）的形式。除了這部《華倫太太的職業》外，蕭伯納最有名的作品《賣花女》（*Pygmalion*，1912），曾被改編為電影《窈窕淑女》（*My Fair Lady*）。

《華倫太太的職業》這部劇本，描寫華倫太太與女兒Vivie間的關係。受限於女性當時的工作環境，華倫太太在歐洲經營妓院，供女兒念完大學。Vivie雖一開始理解媽媽的苦心與無奈，但媽媽在衣食無缺後，仍不願放棄妓院行業，Vivie因而揭穿了媽媽虛偽與愛慕虛榮的假象。

從此之後，她不願再依靠媽媽或男友，她認為每人都有某種選擇（Everybody has some choice.）。窮女孩或許無法進入上流社會或受高等教育，但是她可以選擇拾荒或賣花（...she can choose between ragpicking and flower-selling, according to her taste.）。很多人都責怪環境，但是她不以為然：她不相信環境（I don't believe in circumstances.）。她認為社會上能出人頭地的人，都是些能尋找適合自己環境的人，如果找不到，他們就會去創造環境（make them）。怨天尤人或歸罪環境，都不是有出息的人。

現在很多人找不到工作或得不到公司重視，總是責怪環境不景氣或政府不好。但是，在不景氣的環境中，企業一樣在尋找人才。社會上也有很多能力強的人，在不景氣中突圍，創造對自己有利的環境！什麼是創造有利的環境（circumstances）？好好充實自己專業（甚至具備兩種以上專長）、提升自己的外語能力、培養敬業的精神，都是創造好環境的條件！

　　大學生，別再怨嘆環境不好了。讀書的時候，你有好好掌握學習的機會嗎？你具備專業嗎？你有解決問題的能力嗎？你的英語流利嗎？你知道如何尊重別人嗎？好的環境是靠我們自己創造出來的！

61.

一句英文看天下

"President Lincoln's struggle to abolish slavery reminds us that enduring progress is forged in a cauldron of both principle and compromise."

林肯總統廢奴的努力，提醒我們，結合原則與妥協兩者，才能打造持久的進步。

Bill Clinton in the Golden Globe Award 2013
（柯林頓在2013年金球獎頒獎典禮的一句話）

☒ **struggle** 努力，奮鬥

指艱苦掙扎的過程，此處當名詞使用。

例：Mr. Lin's struggle to survive cancer is today's headline news.

（林先生戰勝癌症的努力，成為本日的頭條新聞。）

☒ **abolish** 廢除，廢

例：Not all of the people are in favor of abolishing the death penalty.

（並非所有的人都贊成廢除死刑。）

☒ **remind** 提醒

常用句型：某事（人）＋ reminds ＋某人 of / that

（某件事或某人提醒某人……）

例：Could you remind me of buying a bottle of water before boarding the train?

（上火車前能否提醒我買瓶水？）

☒ **forge** 打造，鑄造

原意指鐵匠利用熔爐打造鐵器，這裡利用 forge 的具體意象來比喻林肯總統的努力。

☒ **principle** 原則，理念

例：He is a man of principle.（他是個有原則的人。）

☒ **compromise** 妥協，讓步，和解

例：After a heated debate, both sides couldn't reach a satisfactory compromise.

（經過激烈辯論，雙方無法達成滿意的和解。）

美國卸任總統柯林頓（Bill Clinton）參加2013年第七十屆金球獎，推薦史詩電影《林肯》說了這句話。那屆金球獎最熱門的電影除了李安的《少年Pi的奇幻漂流》（*Life of Pi*）、班·艾佛列克（Ben Affleck）的《亞果出任務》（*Argo*）外，就屬史蒂芬·史匹柏（Steven Spielberg）執導的《林肯》（*Lincoln*）最受矚目。這部電影以美國內戰（American Civil War）為主軸，描述林肯在堅持正義與自由的理念下，面對內閣反對及內戰的慘烈屠殺，如何抗衡內外衝突，克服一切挑戰，完成廢奴的目標與理想。金球獎頒獎典禮請來卸任的美國總統，介紹另一位具歷史定位的總統，噱頭十足，也具時代意義。

此句政治語言，以文學的比喻說法（figure of speech），利用cauldron的意象，透過forge這個傳神的動詞，將principle 與compromise兩個字納入，非常生動。原意指的是將原則（principle）與妥協（compromise）兩項放入鍋爐（cauldron）一起融化，打造出（forge）永久的進步。forge與cauldron兩字互相呼應，建構出一個很生動的政治意象，有如鑄造出永恆的「林肯雕像」！

即使這部電影被批評與史實有所出入，但導演重新詮釋美國歷史的關鍵時刻，凸顯了英雄人物的內心掙扎與努力軌跡。誠如柯林頓在典禮上透過介紹電影，談到表達他心中深有同感。任何政策的成功，一定是堅持原則，但也要不斷地妥協與讓步（in a cauldron of both principle and compromise），才能打造就出永續的成果（enduring progress）。

即使大部分政治人物都懂這些政治操作，但是反觀台灣政壇，在原則與妥協的兩項操作上，仍然非常不成熟，充滿一些討價還價的行為。妥協讓步有之，但原則（principle）與理想（ideal）往往在政黨的算計之下遭到犧牲，這樣要如何建立一個永續、持久（enduring）的政策呢？不管是年金改革、健保或十二年國教等議題，如何堅守原則，又能展現讓步、妥協的藝術，其實都在考驗政治人物的智慧！這句話的重點在於 enduring，要可長可久的進步（progress），才是正確的途徑。

62.

一句英文看天下

"Pride, where wit fails, steps in to our defense, / And fills up all the mighty void of sense."

驕傲，讓我們變笨，開始為自己辯護，也填滿了巨大的理智空洞。

"An Essay on Criticism"〈論批評〉
Alexander Pope 亞歷山大·波普

⊠ **wit** 智力、明智;機智

例:All of us were quite impressed by his quick wits.

（我們所有人對他的機智印象深刻。）

⊠ **fail** 失敗、未能達到

例:All of his efforts failed in the end.

（最後,他所有的努力都失敗了。）

⊠ **void** 空洞、空白

例:After losing his wife in an accident, he felt an aching void in his heart.

（在一場意外中失去妻子,他內心感到痛苦的空虛。）

這句話出自英國十八世紀最偉大的詩人亞歷山大‧波普（Alexander Pope，1688-1744）的一篇〈論批評〉（"An Essay on Criticism"）詩作。此詩中，波普討論古典詩人的一些創作理念，開創十八世紀新古典主義（Neo-classicism）的文學與美學觀。

對波普來說，當時社會膚淺的美與低俗的品味，正是他所攻擊、嘲諷的對象。他以羅馬詩人Horace為表率，認為wit（才智）、nature（自然）才是藝術文學的最佳表現。所謂wit指的是藝術家或創作者如何掌握創意，將一些好的想法，以最佳的藝術形式表現出來；而自然則是最好的藝術表現形式，代表人類或大眾的普遍性與永恆性。

偉大詩人強調「表達」（expression），他認為將好的、有永恆性的價值或觀念，呈現出來，令人讚嘆，就是好作品。而作為評論家（critic），不是來攻擊詩人，而是協助詩人找到好的方法與理論規範，成就詩人。這也是詩人及批評家波普對自我的期許。

在此詩論中，波普認為現今很多詩人或批評家犯了大眾經常有的毛病：驕傲。由於驕傲，我們喪失了判斷，錯誤引導心智："Of all the causes which conspire to blind / Man's erring judgment, and misguide the mind / What the weak head with strongest bias rules, / Is pride, the never-failing vice of fools."（在所有掩蓋人類錯誤判斷及錯誤引導心智的原因中，偏見且脆弱心智所支配的，就是驕傲，這是所有笨蛋永不改變的惡習。）

波普更進一步指出，由於個人的驕傲，很多人看不到自己的缺點或侷限，在別人的吹捧之下，很容易迷失自己，以為自己了不起。卻看不到自己的無能，反而以驕傲的口氣為自己辯護，認為這個社會上沒有自己不行："Pride, where wit fails, steps in to our defense, / And fills up all the mighty void of sense."（驕傲，讓我們變笨，開始為自己辯護，也填滿了巨大的理智空洞。）

　　越達到高位的人，越容易為「驕傲」所迷惑。自己過去的成功（或自以為的成功），就是「理盲」的墊腳石。一個善盡監督責任的民意代表或社會名流不一定是好市長；一個成功的學者不一定是好的行政主管；一個好的業務代表不一定是個會管理的總經理。驕傲是否讓我們盲目了，驕傲是否讓我們變笨了？「驕傲」與「自信」，僅是一線之隔，驕傲是種虛胖；自信是能力的表現，到底有多少人能看出之間的不同呢？

63.

一句英文看天下

> "The saddest people I've ever met in life are the ones who don't care deeply about anything at all."

我最輩子碰過最可悲的，就是那些對任何事情都不在意的人。

Dear John《最後一封情書》
Nicolas Sparks 尼可拉斯・史派克

⊠ **care about** 在乎、關心、在意某件事

例：My parents cared a lot about my dietary habits after I
　　was diagnosed with diabetes.
　　（自我被診斷出患了糖尿病後，父母親就很關心我的飲
　　食習慣。）

　　此句出自美國浪漫愛情（romance）作家尼可拉斯，史派克（Nicolas　Sparks，1965-）的小說《最後一封情書》（*Dear John*，2006）。小說描寫年輕士兵John跟一名女大生Savannah之間的愛情故事。兩人在某個夏天，偶遇在John的家鄉，並且互相吸引而產生了一段純情的愛戀。這段愛情，最後在 John 決定回到軍中後，Savannah 寫信與他分手而結束。Dear John此用語通常做為英文分手信的代名詞，其來源不可考。但大多應該都是指男性遇到「兵變」後所接到的最後一封信，信中女友或妻子告知其另有愛人。

　　然而，這本小說並非只是一場純情愛戀的破滅。John自幼與罹患自閉症的父親相處，兩人沒有互動，感受不到生命的熱情，也缺乏愛人的能力，對任何事情無法產生熱情（passion）。而年輕活力的Savannah，擔任志工，在這段戀愛中讓John燃起對生命的渴望，讓他重新認真生活。當Savannah知道John自閉症的父親熱愛收集錢幣（coins），就鼓勵 John 多談談他父親的錢幣。

　　Savannah對生命的熱愛強烈地感染了John，對生命或對任何事物的passion，其實是種生活的態度。她提醒John：“Passion and satisfaction go hand in hand, and without them, any happiness is only temporary, because there's nothing to make it last.”（熱情與滿足是相互影響的，沒有這兩者，任何快樂都是短暫的，因為沒有其他東西可以讓快樂更持久。）她很想聽John提起父親對收集錢幣的熱情，因為“that's when you see a person at his best,...”（那時，你看到一個人最好的狀態。）

　　對生命或任何事物充滿熱情，大概是John在這場愛情中得到的最大收穫。即使到了最後，兩人分手。但愛情改變一切" Though harsh and complex, love transforms us forever."（儘管嚴酷且複雜，愛情永遠改變我們。）

　　現代人談愛情，有時太偏重兩人間的甜蜜，缺乏兩人相互的感染。如何從另外一人或不同背景的異性中，學習不一樣的生命態度，從愛情中成熟應該才是談戀愛的關鍵。戀愛不一定會以完美的結局收場，但是若對生命缺乏熱忱或成長的動力，只是一昧的逃避（如小說中John害怕面對改變，又回到熟悉的軍中），那愛情的熱度只會降低，最後也將致分手。愛情中，兩人間成長是必需的，兩人之間必需維持對生命的passion，這樣的愛情才能讓幸福持久，誠如Savannah所說的："I've found that someone else's happiness is usually　infectious."（我發現，別人的快樂通常都有感染力的。）

　　史派克的愛情故事很少以happy　ending（快樂結局）結束。但是，分手卻不一定是悲劇，分手可能是另一次成長的開始。愛情是生命熱忱的展現，而不一樣的結局也將產生不一樣的生命態度！

64.

一句英文看天下

{ "Some are born great, some achieve greatness, and some have greatness thrust upon them." }

有些人天生偉大、有些人是努力掙來、有些人是
別人塞給他們的。

Twelfth Night 《第十二夜》
William Shakespeare 威廉・莎士比亞

☒ **achieve** 完成、取得

例：To achieve success, you must work day and night.

（為了得到成功，你必須日夜工作。）

☒ **thrust** 猛塞、猛推

例：Tom thrust his way into the crowded market to buy his favorite chocolate.

（Tom 猛闖入擁擠的市場，去買他喜愛的巧克力。）

　　這句話出自英國大文豪莎士比亞（William Shakespeare, 1564-1616）所寫的一齣喜劇《第十二夜》（*Twelfth Night*），又名隨心所欲（*What You Will*）。這喜劇主要是圍繞在兩對男女之間的愛情故事，隨著第十二夜的節慶氣氛，這齣因為喬裝及誤會所編織出來的愛情喜劇，充滿了嘲諷愛情與上流社會的虛榮與浮誇的場景。

　　故事主要描寫雙胞胎的男女主角，如何遇到自己心愛的人，在陰錯陽差與巧妙的安排之下，最後終於得到理想歸宿。整個喜劇的氣氛，透過語言的誇張與場景的錯置，展現了莎翁絕佳的喜劇手法。如本劇一開始，陷入極度愛戀奧莉維亞女伯爵（Olivia），奧西諾公爵（Orsino）無法自拔地說："If music be the food of love, play on; / Give me excess of it, that, surfeiting, / The appetite may sicken, and so die."（假如音樂是愛情的糧食，那就奏下去吧！盡量餵食我，過量吧！胃口做噁，如此死掉吧！）這樣生動的比喻，成為劇中絕妙語言。

　　除了主情節巧妙安排與錯亂的情愛場景，其中的次要情節，如奧莉維亞女伯爵對管家馬伏里歐（Malvolio）的戲弄，也是此喜劇成功之處。馬伏理歐是個自大也野心勃勃的僕人，一心想擠入上流社會，經常表現在道貌岸然的嚴謹形象，將自己的道德觀、價值觀及審美觀，加諸在別人身上。

　　然而，馬伏里歐的伎倆早被看出。奧莉維亞故意讓馬伏里歐誤會自己愛上他。有天，在花園裡，丟下一封信，筆跡與口氣很像奧莉維亞。信一開始說："In my stars I am above thee; but be not afraid of greatness: some are born great, some achieve greatness, and some have greatness thrust upon 'em."這句話正好打中馬伏里奧的內心深處。從底層幹起，馬伏里奧一直期望能透過與奧莉維亞的戀愛、結婚，來達到擠升上流社會的目的，他長久以來自律甚嚴，即是希望能「努力掙來偉大」（to achieve greatness）。

然而虛偽、做作的馬伏里歐終就無法獲得「偉大」。但是莎士比亞這句話，正是點出整個社會的荒謬性與複雜性。有人真的就是天生含著金湯匙出生，不用多少的努力，就可以享受大富大貴；有些人辛苦一輩子，才獲得成功；也有些人、運氣不錯，在天時地利人和的狀況下，即使沒有多大的努力，也因為別人的協助，獲得高位或榮華富貴。

或許很多人會認為這個世界很不公平，與其抱怨自己沒有一個好家世或好運氣，為何不努力看看，是否能夠掙來一些成就？成功之後，可以很驕傲地說："I achieve my greatness."而那些靠爸族，即使日後再怎麼拼命努力，大家很少去肯定他們成就。而對於那些靠運氣或靠別人塞給成功的人，我們通常總是幸災樂禍，等待哪天他從「偉大之處」摔下來。所以，自己努力掙來的偉大，還是最真實、最有價值的！

65.

一句英文看天下

"Some books are to be tasted, others to be swallowed, and some few to be chewed and digested."

有些書是用來品嘗的，有些書是可以一口吞下、少數的一些書是拿來咀嚼、消化的。

"Of Studies"〈論學習〉
Francis Bacon 法蘭西斯・培根

☒ **taste** 品嘗

例：Would you like to taste the wine I brought back from
Paris?

（你想試試我從巴黎帶回來的酒嗎？）

☒ **swallow** 吞下、吞嚥

例：Jenny was forced to swallow the medicine.

（Jenny 被強迫吞下藥物。）

☒ **chew** 咀嚼

例：Chew the meat in the mouth at least 30 seconds
before swallowing it.

（肉在嘴裡至少要咀嚼三十秒，再吞進去。）

☒ **digest** 消化、吸收、整理

例：1. It is difficult for a baby to digest crackers.

（嬰兒很難消化餅乾。）

2. It takes the boss a whole weak to digest my
market report.

（老闆花了一整個禮拜才讀懂我的市場報告。）

　　這句話出自十六世紀英國散文家法蘭西斯·培根（Francis　Bacon，1561-1626）一篇短文〈論學習〉（"Of Studies"，1625）。培根的散文開啟英國散文世紀，並塑造此文類的重要風格，以簡潔、雋永的詞句，分析各種不同的社會與人生議題。在十七世紀早期的文學風潮中，透過實驗及歸納的思維方式，提倡學習與知性的追求，充滿理性思維。閱讀他的散文，除了能夠欣賞簡潔及精彩的用詞遣字外，也可以鍛鍊自己邏輯推理與歸納的思考力。

　　多年來，文人或很多成就非凡的人士都提及閱讀的好處。培根在這篇短文中，則認為閱讀不僅是為了娛樂消遣或裝飾自己，最主要是來提升能力。因此閱讀並非是用來反駁別人、強化自己本來就有的想法或找尋講話題材，而是協助自己培養評估及思考的能力："Read not to contradict and confute, nor to believe and take for granted, not to find talk and discourse, but to weigh and consider."。所以他指出閱讀書籍應該有不同策略，不是所有的書都一視同仁：有些書可以只讀一部份，品嘗即可；有些書可以大致掃描或僅讀重點摘要；少數的書，必須完整閱讀，投入心力。

　　在這句話中，作者使用「吃」的動作，來隱喻閱讀態度。幾個動詞taste、swallow、chew、digest生動地分辨不同程度的閱讀方式，從品嘗（輕微的接觸、只讀部份）、吞嚥（一口吞下，不用深究，表示只讀一些大綱或摘要）到咀嚼、消化（完整閱讀及吸收），一連串的比喻用法，令人稱絕。用詞精確、句法對稱、節奏分明。類似這種精彩文字，在培根散文中隨處可見，是學習英文的好材料。

　　現今社會資訊氾濫、內容淺薄。如何將閱讀材料，不管是網路或紙本，轉換成知識，考驗我們現代人面對社會的能力。培根的閱讀策略，其實可以當作我們參考。首先，閱讀不僅是消遣娛樂或自我炫耀，而是要強化自己的思辨、美學、寫作或專業能力。對於所挑選的材料，先看看是否文字順暢、能否提升自己美學欣賞層次、刺激自己想法或從中練習文字寫作能力？

　　其次，如何咀嚼、消化，才能考驗閱讀是否達到增強能力的效果。挑戰作者想法、不斷地懷疑作者論點、找出其論述或推理的漏洞——這是咀嚼、消化的第一步，不管這個作者是名人或學者，如培根所說的："to weigh and to consider"，才是閱讀的目的。

　　最後，思考一下，那些書應該細嚼慢嚥呢？文學經典、哲學論述還是美學評析或科學引導？培根最後在這篇文章說了："Histories make men wise; poets, witty, the mathematics, subtle; natural philosophy, deep; moral, grave, logic and rhetoric, able to contend."（歷史讓人有智慧；詩人讓人聰明；數學讓人敏銳；科學讓人有深度；道德讓人認真；邏輯及修辭讓人有能力爭辯。）。廣泛閱讀，才有能力思考與分辨。

66.

一句英文看天下

"'Someday' is a dangerous word; it is really just a code for 'never.'"

「將來有一天」是個危險的詞，因為其實它只是「永不」的代號。

Day and Night《騎士出任務》

☒ **someday** 將來的某一天，有朝一日

　例：My younger sister Jenny hopes to travel around the
　　　world someday.

　　（我妹妹 Jenny 希望有天能環遊世界旅行。）

☒ **dangerous** 危險的

　例：It is dangerous to drive through the tunnel on the
　　　typhoon days.

　　（颱風天開車進隧道是很危險的。）

☒

　code 代號，代碼，規定

　例：To keep privacy, Peter and Liz used secret codes to
　　　communicate on the Internet.

　　（為了保護隱私，Peter與Liz在網路上使用秘密代碼
　　　溝通。）

　　這句話出自動作喜劇片《騎士出任務》（*Day and Night*，2010），由湯姆克‧魯斯（Tom Cruise）及卡麥蓉‧狄茲（Cameron Diaz）所主演。故事敘述湯姆克魯斯所飾演的政府幹員 Miller，為了保護劃時代的能源電池，逃離內奸的追殺，在機場巧遇卡麥蓉所飾演的June Havens。電影情節雖稍嫌老套，但動作緊湊，對白幽默，娛樂性十足。

　　June夢想有一天（someday），能放下一切，開著父親留下的古董車，一直開往美國南方，實現那種流浪與逍遙的浪漫。而Miller看著June的渴望眼神，回說："'Someday' is a dangerous word; it is really just a code for 'never.'"（「將來有一天」是個危險的詞，因為其實它只是「永不」的代號。）

　　沒錯，我們常常幻想人生總有一天，能做自己想要做、喜歡的事，能夠放下所有的社會或家庭責任，去實現自己年輕的夢想。但這種「將來有一天」可能是「永遠」無法實現的願望。很多人覺得要等到退休後、等到房貸付完、等到升了經理、等到兒子進小學，或等到自己有空，才要如何如何。但是，事情卻一件接一件等待著你解決。即使你願意等到退休，等到自己一切責任都了結，那時可能已經力不從心，而且可能還有人在等著你的照顧，那個所謂「將來有一天」就是「永不」的代名詞了！

　　人生永遠有責任未了，永遠有各種羈絆。「將來有一天」總是自己不敢或沒有勇氣去實踐夢想的藉口。今天不做，徒留遺憾。何不讓 someday 變成 today（就在今朝）！

67.

❧

{ "Sometimes whoever seeks abroad may find /
Thee sitting careless on a granary floo," }

時而，遠望探尋之人倏見

你悠然自得席坐在穀場地上

"To Autumn"〈秋頌〉

John Keats 約翰・濟慈

⊠ **whoever** 任何人

通常引導一句話，當做另一句的主詞。

例：Whoever comes here first will win the prize.

（來到此地第一個人，就會贏得這個獎。）

⊠ **seek** 尋找；追求

在此當不及物動詞。

例：We cannot find any financial support for this project here; we need to seek somewhere else.

（我們在此處找不到支持此計畫的金援，我們得到別處找。）

seek 後面也可以直接加名詞。

例：We need to seek shelter from rain.

（我們得找避雨的地方。）

⊠ **thee** 你，汝

you的古用法，常用在詩或禱告文中，當做受格。此處以擬人化的方式，稱呼秋天。其主格為thou（you）；所有格是 thy（your）。

⊠ **careless** 不擔憂的；無憂無慮的

原意指不小心、不在乎，此處為無憂無慮；悠然自在。

例：We all long for a careless life.

（我們都嚮往無憂無慮的生活。）

⊠ **granary** 穀倉

指堆放已打穀過穀物（threshed　grain）的地方，跟barn不太一樣，通常barn指的是堆放放動物糧草、農具，或是圈養動物的地方。

　　這句話出自英國浪漫詩人濟慈（John Keats，1795-1821）一首描寫秋天的詩。這首詩以文字的意象及音樂的節奏，點出秋天的富庶與成熟，不少詩評家認為這是英國文學史上最完美的一首詩：文字、聲音與涵意都完美搭配的傑作。

　　本句出現在整首詩的第二段，一開始詩人以擬人的手法描寫秋天："Who hath not seen thee oft amid thy store?"（誰不頻頻看見你處於豐碩之中？）而後神來一筆，以sometimes（有時）來引導一場不經意的邂逅：任何想要探尋秋天足跡的人（whoever seeks abroad），可能隨處發現你（thee）就悠然自在（careless）的坐在那裡！此處sometimes 跟 careless 兩字把「不費力的意境」生動地帶出來。

　　夏天已然飄走，秋天不知不覺就出現在周遭。如此描寫秋天的下午，詩人創造了人與環境、人與內心世界的渾然一體。我們在追求幸福的過程中，不管是為了愛情、家庭或個人的成就，總花了不少的精力與時間向外探索，試圖抓住那種內心滿溢的感覺。然而，有時候（sometimes），如詩人於此句所言，渴望豐碩秋天的來臨，殊不知秋天就是這麼慵懶地出現在穀倉中，令人沉醉！

　　人生也常常出現類似的情境，幸福感、所愛的人或解決工作困境的方法，往往就在身邊；百般外求，卻在返樸歸真後，找到了那人生豐碩的秋天。不必翻山越嶺才能找到美景，不用嘗盡艱辛才能發現愛情，美景往往就在眼前，真愛有時不自覺地就會出現。王國維在《人間詞話》中，談及人生的第三種境界，引用南宋詞人辛棄疾所言：「眾裡尋他千百度，驀然回首，那人卻在燈火闌珊處。」不也是如此嗎？

68.

一句英文看天下

"That pleasure which is at once the most pure, the most elevating, and the most intense is derived, I maintain, from the contemplation of the beautiful."

那最純淨、最高尚、又最強烈的喜悅，我堅持，
來自於對美的凝視。

"Poetic Principle"〈詩的原則〉
Edgar Allan Poe 埃德加·愛倫·坡

☒ **elevating** 高尚的，有提升作用的

例：Professor Lin's lectures provide us with some
　　elevating philosophical thoughts.

（我們從林教授的演講中獲得一些發人深省的哲學思
　維。）

☒ **derive** 來自於，源自於

例：Many English words are derived from Germanic.

（許多英文字源於日耳曼語。）

☒ **contemplation** 凝視、沉思

例：Many philosophical works address the issues
　　related to the contemplation of death.

（很多哲學論著的主題都在探討如何看待死亡。）

　　這句話出自十九世紀美國詩人愛倫‧坡（Edgar Allan　Poe，1809-1849）一篇討論詩的短文〈詩的原則〉（"Poetic　Principle"）。在這篇短短的詩評中，詩人愛倫‧坡強調詩的主要功能在於透過節奏或音樂的媒介，創造語言中崇高的美感經驗（the creation of supernal beauty）。而我們人類的靈魂由於這種美的提升，得到喜悅與滿足，不是透過真理、事實可以得到的。

　　詩人進一步提到，詩的喜悅與真理或事實（truth）的追求不同，追求真理是種理性的滿足；與情慾（passion）的追求也不同，那只是內心慾望的滿足。而透過詩所獲得的喜悅，是來自於對美的凝視，它能提昇靈魂、淨化心靈，那種喜悅是最強烈的："That pleasure which is at once the most pure, the most elevating, and the most intense is derived, I maintain, from the contemplation of the beautiful."（那最純淨、最高尚、又最強烈的喜悅，我堅持，來自於對美的凝視。）

　　對美的凝視（the contemplation of the beautiful），毋寧是這句話的靈魂。如何在外在事物中找到美的元素、如何發掘那些美的印象、如何讓美來感動自己、如何透過詩的語言傳達這種美的經驗，這才是詩人所關心的。美是種心靈感受，是我們心靈對周遭事物的回應，是一種心靈與外在事物的對話。

　　現代人面對繁忙緊張的生活，大概很難得停下腳步來「凝視」美的事物。大多數人踏進超市或賣場，注意到的都是陳列的物品及價格，很少會去觀察一顆顆蘋果或葡萄所散發出來的光澤與色彩；走入辦公室，僅僅看到桌上公文或待完成的工作，很少去注意從窗外灑進室內的陽光；在擁擠的車陣或捷運車廂內，大都煩惱自己如何擠出人群與車陣，很難得去享受細雨灑在車窗上的浪漫，也無法欣賞學童與媽媽真誠對話的那一幕；慢跑或運動時，能否享受城市有如幻燈片的虛幻場景呢？

工作投入、生活打拼或對於未來的憧憬，都主導我們生命中的每一步，但是這些理性的運作，都很難讓我們得到完美喜悅或心靈提昇。詩人愛倫‧坡告訴我們，對美的凝視才是最純淨、最高尚與最強烈的喜悅。在忙碌的時刻中，何不佇足留意一下你身邊的美呢？

不靠政府的小恩小惠，也不用期待老闆的讚美或加薪，更不需要情人或另一半送來的珍貴禮物，只要「凝視」那隻窩在沙發裡的小貓、那隻調皮搗蛋的貓熊圓仔、還有那杯浮著拉花的拿鐵——這些美的事物，都可以完美且持續創造你的「小確幸」與喜悅！

69.

一句英文看天下

"… suffering has been stronger than all other teaching, and has taught me to understand what your heart used to be."

受苦比其他的教訓都更加強烈，教我了解你以前的心意。

Great Expectations《遠大前程》
Charles Dickens 查爾斯‧狄更斯

▨ **suffering** 受苦或折磨

指的是人生中會遭受到的痛苦與考驗，此處當名詞用，作為這句話的主詞，動詞為suffer。

▨ **used to be** 過去……（現在已不是）

用來描述過去的一種狀態，現在已不復存在。這裡指的是之前的心態（your heart used to be）。

例：There used to be a grocery store around the corner.
（以前這裡轉角有間雜貨店。）

　　狄更斯的《遠大前程》敘述一位男孩皮普（Pip）從小迷戀一富家女，而後獲得意外財富，得以進入上流社會，追求這位周旋於奢華社會卻毫無感情的美麗女性艾絲黛拉（Estella）。艾絲黛拉歷經婚姻失敗與炫富的虛榮後，身心受創，終於深刻體會男主角皮普過去對她的深情。在小說快結束的時候，兩人相遇，艾絲黛拉說出了內心話，她得到了很大的教訓，終於體會皮普過去對她的心意（what your heart used to be）。最後她承認內心受創、心力破碎，但希望這些創傷能讓她成長，變得更好（"I have been bent and broken, but—I hope—into a better shape"）。受苦折磨並沒有打倒她，反而鍛鍊成更好的狀態（into a better shape）。

　　真誠的心不是用金錢就買得到的；摧殘別人的心並不會獲得內心的快樂！這段深刻的體會足以成為現今男女交往的借鏡。在現今炫富與講求金錢交易的時代裡，一味追求虛榮讓很多年輕男女付出代價，情感絕對不能以金錢來衡量。男女交往遇到苦難或考驗時，絕非世界末日，而是應該像小說中的男女主角一樣，更加珍惜兩人之間的感情，此句也使用了英文的比較句法，用suffering來跟其他的教訓（all other teaching）相比較，實則表示suffering是所有教訓中最強烈的！我們不妨模仿此句型練習一下：“This typhoon has been stronger than all the others, and has taught us to understand that the human can't fight against the nature.”（這次的颱風比以往都要強烈，教我們了解人類是無法對抗大自然的）。

70.

❧

> "Travelers we are, in this journey of memory. Aboard together we might be, and get off at different times. Still, memory lingers"

我們是記憶的旅客,我們可能在同一時間一起上車,不同的時間下車,然而,記憶留在我們心中。

Kingston 微電影廣告

▨ **aboard** 上車

例：As I got aboard the train, ready to leave for the city,
my mother's tears went up to her eyes.

（當我上了列車，準備前往大都市，我媽媽的眼淚湧
上眼睛。）

▨ **memory** 記憶

例：I have a poor memory for faces; I am not quite sure
that I have ever seen the old man before.

（我記不住人的長相，不確定是否之前見過那位老
人。）

▨ **linger** 停留

例：The strong scent of the coffee lingered on in the
office.

（咖啡濃郁的香氣在辦公室久久不散。）

　　這句話出自台灣一家隨身碟公司的微電影廣告。故事描述一個老太太天天去地鐵車站，但都不搭車也不上車，只是默默坐在月台椅子上。之後，月台服務員跟她打招呼，才知道地鐵公司提醒乘客小心月台間隙（"Mind the gap."）的廣播是她死去的先生錄的。老太太每天來到地鐵月台，只是希望聽到丈夫親切的聲音，也是四十年前他們認識的時候，丈夫對她說的第一句話。

　　然而，時空轉移，地鐵公司以電腦聲音全面代替她先生的聲音。老太太請求地鐵月台服務員是否可以找到之前的音檔，給她一份，讓聲音可以成為永恆的回憶。鏡頭轉到服務人員內心的悸動，原來這個短短的廣播聲音充滿了對愛人的懷念與幾十年的情感。

　　之後老太太在最後的道別中，收到這位服務人員遞來的一個隨身碟，裡面存有她先生的月台廣播聲音，也點出了整個廣告的重點，數位的記憶伴隨著人的記憶，將隨著我們的旅程，成為永遠的情感。這是一幕令人回味、有情意的廣告。

　　廣告中，旅客就像我們人生中所遇到的各個親人與朋友。在這個人生列車中，有些人在半途隨我們上車，跟我們一起度過很長的旅程，如自己的伴侶或親人；有些人短暫地停留，如朋友或同事。坐在同一車廂裡，大家都擁有共同的旅行經驗，這些經驗成為我們人生的記憶。而這些記憶，也成為我們生命中的一部份。

　　記憶在我們的生命中，扮演非常重要的角色。小時候，父母親的照顧與養育記憶，化成我們未來對親人的愛與關照；學校老師對我們的教導與學習記憶，不但成為我們未來能力的基礎，也塑造我們不同的人格；朋友的相處記憶，也經常成為我們克服人生障礙與挑戰的養分；親密愛人的甜蜜相處記憶，讓我們體會愛情與熱情；夫妻間的相互扶持，更是支撐我們生命的重要能量。

即使是傷痛的記憶，也能成為生命或生活中重要且值得紀念的回憶。考試失敗、父母責罵、失戀痛苦、失業掙扎或夫妻死別，儘管痛苦，但是這些記憶，在經過時間的稀釋與轉化，有時也能成為生命中「美麗」的資產。在入學考試失敗後，才能體會努力的代價與人生的多變；父母嚴厲的指責，在幾十年後，往往成為懷念父母親愛之深、責之切的回憶；沒有失戀的記憶，哪能體會愛情的喜悅與強度；沒有經歷夫妻間的別離，哪能感受兩人間的真摯情感。

人生經過數十年後，一切的恩愛情仇可能漸漸遠去，但是記憶仍然存在我們內心（"Still, memory lingers."），成為我們生命中的唯一支柱。有如廣告中的老太太般，只能透過聲音的記憶來想念先生。人類的情感，都是靠著記憶留存下來！

71.

❧

{ "But there are limits to what even you can do, Captain, or did Erskine tell you otherwise?" }

不過，隊長，你能力所能做的也有些極限，或者
艾斯金說的不一樣？

Captain America: The First Avenger《美國隊長》

⊠ **limit** 極限、限制

　例：There is no limit to his greed for power.
　　　（他對權力的貪婪是沒有極限的。）

⊠ **otherwise** 不一樣、並非如此

　例：He seemed to be a responsible person, but the truth
　　　would state otherwise.
　　　（他看來似乎是個負責任的人，然而事實並非如此。）

　　這句話出自2011年上映的一部美國科幻動作電影《美國隊長》（*Captain America: The First Avenger*），此電影改編自驚奇漫畫（Marvel Comics）中所塑造的超級英雄：美國隊長。這個二次大戰期間所創造的美國英雄，日後成為愛國主義的象徵，也為英雄誕生賦予一個科技神話。電影與漫畫中，都強調一個瘦弱的美國青年史提夫·羅傑斯（Steve Rogers），因為艾斯金博士（Dr. Erskine）透過高科技的實驗，讓他成為一個高大強壯的超人士兵：「美國隊長」。秉持先天的愛國情操，經歷了各種驚險打鬥，這位超級英雄終於摧毀納粹陰謀家施密特（Schmidt）所化身的紅骷髏（Red Skull）。

　　這部電影遵循傳統的英雄故事情節，不論是善與惡之爭，或是個人私情，都與現今超級英雄的固定模式一樣。然而，美國隊長的超級能力，並非來自天生，而是拜科技力量之賜，讓一個常受霸凌的瘦小男孩，成為一個有勇氣、體格強壯的超級英雄。但為何挑選這麼一個瘦弱的人成為英雄呢？計畫主持人亞斯金博士說得好："Because the strong man who has known power all his life may lose respect for that power, but a weak man knows the value of strength and knows ...compassion."（因為強壯的人一生掌握力量，可能喪失對權力的尊重，而虛弱的人知道力量的價值，懂得憐憫。）

　　擁有強大力量的美國隊長是否能抵抗這種超人一等（superior）的權力誘惑呢？電影不斷透過其周遭人物的刺激與期望，提醒這位超級英雄的使命與限制，即使他的死對頭紅骷髏，極盡諷刺地說："But there are limits to what even you can do, Captain, or did Erskine tell you otherwise?"（不過，隊長，你能力所能做的也有些極限，或者艾斯金說的不一樣？）

　　無助的年輕人透過神奇的科技成為超級英雄，這種驚奇轉變，大抵反應現今年輕人內心那股想要突破的爆發力。面對社會龐大壓力與不可知的未來，年輕人內心不斷地吶喊，期望拯救社會，打破已腐敗的體制！難怪經過了幾十年後，一些沉寂已久的老派超級變身英雄，如《蜘蛛人》、《綠巨人浩克》躍上大螢幕時，又再度受到大家的歡迎。

　　即使發現自己有改變社會的能力，是否了解任何力量都有所極限（limits）？很多政治人物、企業大亨或社會、學生運動領袖，到達頂峰後，經常自以為無敵，可以呼風喚雨，卻漸漸忘掉自己的初衷。獲得權力，也要珍惜權力；掌握力量，也要能知道自己能力的極限，才是真正的勇者。這樣，也才不辜負當初賦予權力給你的大眾！

72.

"There are no pacts between lions and men."

獅子不跟人類談條件。

Troy《特洛依：木馬屠城》
（改編自Homer's *The Iliad* 荷馬史詩《伊里亞德》）

◻ **there are / is** 有

表示一種存在的概念，中文可以譯為「有」。

例：There are many inspiring ideas in the professor's talk.

（教授的談話中有很多啟發性的觀念。）

◻ **pact** 條約，協定

make a pact with 意為「跟某人訂約或協定」。

例：If you take the bribe, you are making a pact with the devil.

（你要是接受賄賂，就是在跟魔鬼打交道。）

這句話出自電影《特洛依：木馬屠城》（舊譯：木馬屠城記）中希臘第一勇士阿基里斯（Achilles，由影星布萊德‧彼特飾演）對特洛伊王子赫克托（Hector）的挑釁。勇猛的阿奇里士自喻為獅子，將赫特比喻為弱勢的人類。這部電影根據希臘詩人荷馬的史詩《伊里亞德》（*The Illiad*）改編而成，敘述希臘聯軍在統帥阿伽門農（Agamemnon）的領導下，兵臨特洛伊城，欲討回被誘拐的王后，即當時第一美女海倫（Helen）。戰爭打了九年，互有勝負。史詩故事（epic）以最後戰役開始，深入分析這些英雄人物的執著與希臘人的生命態度。詩人荷馬透過此一戰爭作品，凸顯和平、家庭、文明的價值。

史詩的最後，阿基里斯為了替好友報仇，向赫克托挑戰。赫克托面對死亡的威脅，清楚自己即將命喪於此，遂提出了最後的請求："I've seen this moment in my dreams. I'll make a pact with you. With the gods as our witnesses, let us pledge that the winner will allow the loser all the proper funeral rituals."（我曾在夢中預見此刻，想跟你訂下協定。以神為見證，讓我們發誓，勝利者將給予失敗者合宜的葬禮儀式。）然而，此一條件，馬上被阿奇里斯駁斥，認為強者（lions）不會跟弱者（men）談條件，弱者也沒資格要求訂立任何協定，一切由強者決定。

阿基里斯這句話雖盛氣凌人，充滿霸氣，卻也道出現今社會的現實面。不管是國家與國家間的談判或外交，都必須拿出實力，如果對方占盡優勢，為何要跟你訂約或妥協呢？看看釣魚台事件，如果我們不強勢作為，日本如何願意跟你坐下來談呢？

　　在職場上也是如此，自己沒有任何可以展現實力的優勢，如何要求老闆給你加薪呢？現今很多人抱怨薪水過低，但是如果自己跟赫克托一樣居於弱勢，想要求強勢的老闆有所承諾，那最後一定是得到有如阿基里斯的嘲諷："There are no negotiations possible between employers and employees."（老闆不可能跟員工談條件。）唯有自己夠強，展現出自己的優勢，才能在任何場合中提出談判的籌碼，並能讓對方願意坐下來好好談，甚至讓步。記住，獅子是不跟人類談條件的！

73.

❧

{ "And these vicissitudes tell best in youth; / For when they happen at a riper age, / People are apt to blame the Fates,…" }

人世的浮沉、興衰若發生在年輕時，我們最能體會 / 因為如果年老才發生， / 人們就較易怪罪命運……

Don Juan《唐璜》

Lord Byron 羅德·拜倫

☒ **vicissitude** 人生起伏變化、興衰枯榮

例：A great man's life is always marked with vicissitudes.

（偉人的一生總是起起伏伏。）

☒ **ripe** 成熟、老成

例：When we reach our ripe age, we become more sophisticated.

（當我們年紀漸長，我們會變得更世故。）

☒ **apt** 易於

例：He is apt to get angry when he is hungry and exhausted.

（他在肚子餓或很累的時候，很容易生氣。）

　　這一句話出自英國十九世紀浪漫詩人拜倫（Lord Byron, 1788-1824）所寫的一首諷刺史詩《唐璜》（*Don Juan*）。這首長詩，根據十四世紀以來流傳於西班牙的唐璜傳奇改編而來。拜倫將傳說中到處留情的唐璜改變為一純潔、不諳世事，飽受熟女誘惑的十六歲男孩。整首詩以男主角 Juan 所經歷的苦難及考驗為主，語氣詼諧、怪誕。然而，在這些幽默有趣的浪漫愛情故事中，作者想表達的是對當時社會、宗教、文化的調侃與批判，也提出個人的哲學與心靈省思。

　　本句出自此長詩的第十二篇，男主角歷經滄桑，正在為一孤女尋找監護人。詩人為年輕人感嘆，也以自身經驗來分享。他認為：人生起起伏伏、世事變化，如果發生在年輕時候，我們最能體會。這些滄桑變化，在我們年輕時候，影響最深且最好（"...these vicissitudes tell best in youth."）；如果發生在年紀大些或年老時，我們會認為自己運氣不好，怎麼碰到這麼倒楣的逆境呢？老天真不長眼（"Providence is not more sage."）。

　　誠然，年輕時候，碰到逆境或不順暢的困境，我們比較虛心或謙卑，總會從中吸取教訓，警惕自己，試著找出一些解決方法，並增進自己智慧、追求真相或真理；但是，一到中年或世故的年歲，碰到逆境，一般人很容易認為一定是上天作弄或自己運氣不好（"People are apt to blame the　　Fates,..."），怨天尤人。因此，拜倫有感於此，接著說："Adversity is the first path to truth."（逆境是通往真理的首要途徑。）也就是告訴我們，困境與不幸，都是增進我們智慧，協助我們追求真理的動力。

　　台灣現今不少年輕人面臨嚴峻考驗，工作難找、才能不受重視，但是否能將這些困境轉化為智慧或經驗呢？詩人認為年輕正有本錢，好好面對這些人生起伏，一定可以改變未來；而當年紀較長時，也要有所體會或成長，不要老是怪罪命運。前一陣子，某政府官員面對生涯中最大的挑戰，面對媒體時，他引用拜倫這句話："Adversity is the first path to truth."。我們看到他坦然接受逆境是種智慧成長的途徑。年歲至此，仍有逆境，且願意成長，拜倫地下有知，也應該有所感！

　　反之，有些事業有成或政壇得意的人，被抓到違法或做出社會道德不容之事，卻輕描淡寫，轉移焦點，且大都自認運氣不佳，缺乏反省或謙卑之心，令人嘆息。

74.

❧

{
"They taught me the meaning of loyalty that you should never forget anyone that you've loved."
}

他們教我忠誠的意義，也就是永遠不能忘記你愛過的人。

Hachiko: A Dog's Tale《忠犬小八》

◯ **loyalty** 忠誠

例：Soldiers swore an oath of loyalty to their commander
and country.

（士兵宣誓效忠指揮官與國家。）

這句話出自 2009 年一部刻劃人與狗之間真摯情感的電影《忠犬小八》（*Hachiko: A Dog's Tale*），由李察‧基爾（Richard Gere）主演。這部電影是根據日本1930年代真實故事改編，敘述大學教授與一隻秋田犬（名叫Hachi，日文為數字8）間令人感動的情感（feeling）與羈絆（bond）。

電影一開始，一群小學生上台報告心目中的英雄（my hero）。其中一個小男生談到他爺爺跟Hachi之間的故事。他爺爺威爾森教授（Parker Wilson）在偶然的機會，從車站帶回一隻走失的小狗，儘管太太不喜歡，但是 Hachi 可愛、純潔的模樣，讓威爾森教授付出真摯關懷。從此，Hachi 每天一大早送教授到車站，每天下午五點準時在正門前等他，期待每天第一時間看到主人歸來。

威爾森與愛犬間的情感持續增溫。然而，在一次課堂中威爾森卻心臟病發而死。那天下午，Hachi等不到主人回來，便在雪中一直等待。往後日子裡，就算已等不到教授了Hachi還是不分颱風下雨，都會想盡辦法到車站。後來教授太太及女兒離開了，Hachi毅然決定長途跋涉來到車站附近，成為流浪狗，只是為了有一天等到他的主人！

Hachi在車站前等了九年，直到最後死在等待的地點。故事最後，小男生很感性地說："They taught me the meaning of loyalty that you should never forget anyone that you've loved."（他們教我忠誠的意義，也就是永遠不能忘記你愛過的人。）

其實這種人與愛犬間的真摯情感及羈絆，經常出現在我們周遭生活中，誠如知名作家 M. Facklam 所說："We give dogs time we can spare, space we can spare and love we can spare. And in return, dogs give us their all." (我們挪出一些多餘時間、空間和愛給狗,而狗卻以他們的全部來回報。) 英國浪漫詩人拜倫(Byron)在一首末日詩("Darkness")也曾提到狗對主人的愛與忠誠,可能是地球上最後僅存的珍貴情操!

有些人把愛犬當成寵物,有些人把愛犬當成家人。我倒認為狗是「具有個性的高貴生命體」(a noble living creature)!電影中的小八(Hachi)無法辨識人類生命與死亡的不同,然而卻堅持永不離棄主人的原則。那是一種沒有條件、沒有折扣的高貴情感。

只有高貴生命體才會永遠守護所愛的人!時間經常削弱我們人類的熱情或情義,但忠誠的Hachi,卻能持續九年守護自己跟主人的感情,直到死亡。這種奇蹟般一個生命與另一個生命間的連繫(connection),讓我們感受良善生命的美好,也讓我們見識世界上還有至死不渝的情感(feeling)與愛(love)。如果你有養狗,別辜負他對你的loyalty,別棄養他,因為他永遠不會背棄你,好好尊重這個有個性的生命!

75.

{ "A thing was worth buying then, when we felt the money that we paid for it." }

當我們能感受到付出去的金錢的價值時，那東西就買得很值得。

"Old China" 〈舊瓷器〉
Charles Lamb 查爾斯·蘭姆

※ **worth** 值得的

例：This house is worth buying; it is located near the MRT station.

（這房子值得買，因為靠近捷運站。）

　　這句話出自英國十九世紀浪漫時期的散文家，查爾斯‧蘭姆（Charles　Lamb，1775-1834）的一篇散〈舊瓷器〉（"Old　China"）。作者以個人感性的筆調，提起對於舊東西的愛好，進而感嘆過去年輕窮困的歲月。當時，想買某種東西，都會掙扎好幾天，考量買還是不買？最後花了一段時間存錢買下後，那種喜悅與滿足，是一種無法比擬的經驗。

　　作者渴望的東西，其實並不是非常昂貴的，而是就自己經濟能力來看，稍微有點奢侈的東西，如一本印刷精美的書籍、一個精緻小花瓶或一件合身外套等，作者稱為「便宜的奢侈品」（cheap　luxury）。貧困所產生的簡單滿足感，令人懷念。又如，文章提到，作者與妹妹，在窮困時，為擠進吵雜擁擠的劇院看一場戲，省了好幾餐沒吃，那種在戲院的悶擠感，至今仍烙印在他腦海中。

　　作者的經驗也讓我想起，大學時為了買一本英文原文小說，每天省下一點飯錢，到月底衝到書店拿小說到櫃台結帳的那種興奮感。回到家，將書放在床邊，每晚睡覺前一點一點地閱讀，那種喜悅可以一直延續到讀完小說。那時，我真能體會蘭姆所說的。現在，拿著的平板閱讀器，雖一次可存有幾百本書的內容，閱讀小說還是很有樂趣，但是那種「很值得的」感覺卻消失了。

　　是否我們現在得要回到窮困的時候，才能拾回那種「窮困的滿足」呢？其實不然，作者透過妹妹的對話，指出，在窮困的時候看起來比較快樂。在成長的過程中，我們有很多掙扎和奮鬥的空間，感情也更能緊密在一起。那種年輕意志與面對逆境的韌性，非常珍貴。但隨著歲月增長，我們也很難再擁有那種對抗貧困的能力。

　　"There was pleasure in eating strawberries, before they became quite common."（在草莓普遍前，吃草莓是一件很享受的事。）蘭姆說得沒錯。我們小時候，渴望咬一口蘋果的心情，絕對不會亞於蘭姆吃草莓的渴望，現在，經濟富裕的孩子或年輕人已經失去這種得不到的樂趣，也無法體會那種「便宜的奢侈」。

　　網路購物，夠動動手指就能搞定，但買來的可能只是一些「奢侈的便宜品」（luxurious cheap things）。百貨公司的週年慶、年終的瘋狂採購，衝動購物後，你會有那種擁有與珍惜的樂趣嗎？還是只剩下購物後的空虛感？到年終大掃除時，才發覺家裡不必要的東西實在太多了。

　　太容易滿足，就會缺乏喜悅的衝動；太輕易獲得，即喪失了擁有的樂趣。我認為，別讓我們孩子或年輕人輕易獲得想要的事物。那種經過千辛萬苦或掙扎後才獲得的滿足，才是創造往前走的動力。當孩子花了幾個禮拜，盤算是否應該換掉那個老是當機的電腦，最後決定自己暑假打工再想辦法，我們做家長的應該要很高興。因為這絕對是一個未來有競爭力的年輕人！

76.

❧

{ "…this and that man, and this and that body of men, all over the country, are beginning to assert and put in practice an Englishman's right to do what he likes; his right to march where he likes, meet where he likes, enter where he likes, hoot as he likes, threaten as he likes, smash as he likes. All this, I say, tends to anarchy." }

這些人，在全國各處開始主張、行使所謂英國人的權利，自己想做什麼就做什麼，喜歡去哪裡就去哪裡，喜歡在哪裡碰面就在哪裡碰面，喜歡進去哪裡就進去哪裡，隨心所欲地叫囂吵鬧，隨心所欲威脅別人，隨心所欲破壞一切，這種種行為，我認為就是無政府狀態。

Culture and Anarchy《文化與無政府》

Matthew Arnold 馬修·阿諾

⊠ **assert** 主張；維護

例：We need to assert our right against any violation of privacy.

（我們必須維護自己權利，反對隱私被侵犯。）

⊠ **put in practice** 付諸實施，進行某項計畫

例：You have to put your project in practice; otherwise, it will not prove that your ideas are right.

（你得將計畫付諸實施，否則無法證明你的理念是對的。）

⊠ **hoot** 叫罵，大聲吼叫

例：Offended by his racial talk, the audience hooted the speaker off the platform.

（講者的種族論述引發觀眾不滿，大聲吼叫將他趕下台。）

⊠ **threaten** 威脅

例：Last few weeks, North Korea threatened to launch its missiles.

（過去幾週，北韓威脅要發射飛彈。）

⊠ **smash** 摧毀，破壞

　例：In fury, John smashed his wife's favorite vase into pieces.

　（約翰盛怒下，砸毀了老婆心愛的花瓶。）

⊠ **anarchy** 無政府狀態；混亂

　指國家社會缺乏次序與文明的規範，大家各行其是。

　　英國十九世紀的散文家馬修・阿諾（Matthew Arnold，1822-1888），在《文化與無政府》（*Culture and Anarchy*）一書中，指出十九世紀的社會由於商業文明的發展，愈來愈多英國人開始以財富與權力掛帥，膨脹自己的個人權利，以為只要我喜歡有什麼不可以（do as he likes），誤認為這是個人主義（individualism）或個人自由（freedom），把整個國家社會帶入無政府的混亂之中（anarchy）。

　　西方的個人主義，並非建立在 do as he likes 之上，而是建立在尊重別人（respect for others）的價值。誠如阿諾在文章後面所提的文化層次：以希臘文明（Hellenism）的智慧及基督教（Hebraism）的道德良知，兩者所建立的文化價值，來做為追求自我成長與文明進展的基準（touchstones）。

　　台灣這幾年來，由於經濟社會發展，對於個人自由與個人的權利主張愈來愈強化，但是假借個人主義與個人自由的行為，也愈來愈荒腔走板。小至縱容小孩在公眾場合尖叫吵鬧、在公寓樓梯或中庭放置個人物品，大至民意代表欲凸顯自己個人風格，仗著言論免責或以監督之名，肆意詆毀別人等，都是高度擴張自我權利的行為，完全誤解了西方個人主義與民主的真諦。阿諾在一百多年前已經告訴我們，如果喪失了智慧（intelligence）與道德良知（strictness of the moral conscience），個人或英雄主義只是混亂與無政府的代名詞。

77.

"And this gray spirit yearning in desire / To follow knowledge like a sinking star, / Beyond the utmost bound of human thought."

這蒼老的心靈充滿渴望 / 有如隕星般追求知識 /
超越人類思想的極限。

"Ulysses" 〈尤里西斯〉
Alfred Tennyson 愛佛德‧丁尼生

◯ **yearn** 渴望，思念

yearn常接介系詞for後，再接名詞，如yearn for rest
（渴望休息）、yearn for home（想家）。

例：In solitude, the young woman is yearning for love.
（因孤獨寂寞，年輕女子渴望愛情。）

◯ **follow** 跟隨

可指具體或抽象含意，如follow the order（服從命令）、
follow the example of somebody（跟隨某人的榜樣）。

例：He followed his father to become a doctor.
（他跟隨父親的腳步，成為醫生。）

◯ **utmost** 最遠的，極端的

例：As an adventurer, he enjoys traveling to the utmost
end of the earth.
（他是個探險家，喜歡旅行到世界的盡頭。）

◯ **bound** 邊際，界線

例：He is an incredible writer; some of his ideas are
beyond the bounds of our knowledge.
（他是很棒的作家，有些觀念超越我們知識的極限。）

　　此句出自英國桂冠詩人丁尼生（Alfred Tennyson，1809
-1892）所寫的一首詩〈尤里西斯〉（"Ulysses"）。尤里西
斯是希臘英雄，即荷馬史詩所寫的奧迪修斯（Odysseus）
，他飄泊冒險二十年，最後回到家鄉與妻兒團圓。詩人描寫
尤里西斯回家三年後，想要再度出航："I will drink life to the
lees."（我要暢飲人生直到最後的殘渣。），不願在自己的國
度，當個無所事事的國王（an idle king）。

　　再度出航，代表人生另一階段的開始。詩中的國王即使
年事已高（this gray spirit），但仍能充滿熱情（yearning in
desire），期望追求知識，有如隕星（sinking　star）般，超
越人類思想的極限。對知識與經驗的渴望，激起漸漸老去的
英雄奮起。

　　這首詩的最後一句："... that which we are, we are, /
One equal temper of heroic hearts, / Made weak by time and
fate, but strong in will / To strive, to seek, to find, and not to
yield."（我們依然／全體一致的英雄氣概／雖因時間與命運而
削弱，但意志堅強／繼續奮鬥、追求、尋找，永不放棄。）
慷慨激昂，令人動容！

　　這種不願放棄追求知識的心，可以讓英雄再起。台灣近
來年，一些很有成就的人，如吳寶春或郭台銘，希望能夠回
到學校進修，超越自己，對知識的渴望令人佩服。除了在個
人專業上的成就，也著實扮演著帶領社會向前走的動力。不

管最後他們是否能如尤里西斯一樣,再度出海,追求知識領域,但他們不斷地追求、不斷地渴望,也不斷地探索,這種浪漫主義的精神(romantic spirit),就是他們成功的關鍵。

78.

❧

{ "This is my quest, to follow that star / No matter how hopeless, no matter how far / To be willing to give when there's no more to give / To be willing to die so that honor and justice may live." }

這是我的追尋，追隨那顆星 / 不管多麼無望，不管多麼遙遠 / 儘管已無法付出，仍然願意付出 / 甘願犧牲生命，期望榮譽與正義長存。

"The Impossible Dream" 〈不可能的夢〉
Man of La Mancha《夢幻騎士》主題曲，
改編自《唐吉訶德》小說

⊠ **quest** 追求、探索

例：Peter went to the ancient kingdom in quest of gold.

（Peter 前往古老王國，尋找黃金。）

⊠ **justice** 正義、公正

例：Justice was done when the murderer was sent to jail.

（兇手入監服刑，正義始得到伸張。）

這句話出自電影《夢幻騎士（唐吉訶德）》（*Man of La Mancha*）的主題曲，也是百老匯同名音樂劇的主打曲"The Impossible Dream"（1965）。電影及音樂劇，都是改編十七世紀初的西班牙經典小說《唐吉訶德傳》（*Don Quixote*）。故事敘述一位幻想活在中古騎士國度的鄉下仕紳，披上自己製作的盔甲，騎著老馬，進行拯救云云眾生的不可能任務。

唐吉訶德的追尋，一開始被眾人認為是種瘋狂行為。但是隨著他的堅持，那種打倒主流思維，顛覆社會框架的不服輸精神，在眾人嘲笑之餘，漸漸展現令人敬佩的信心與勇氣。唐吉訶德成為一種傳奇，也成為一種挑戰不可能的象徵！

在YouTube上聽著雄厚純淨的男高音Colm Wikinson唱出夢幻騎士的激情與執著，令人動容"To dream the impossible dream / To fight the unbeatable foe / To bear with unbearable sorrow / To run where the brave dare not go"（做一個不可能的夢／抗爭一個打不敗的敵人／忍受無法忍受的悲傷／前往勇者不敢去的地方。）騎士無視別人的嘲笑、輕蔑，對抗風車、對抗那些社會沉錮、迂腐的價值。犧牲生命，只是為了保留榮耀與正義（"To be willing to die so that honor and justice may live"）。

在這個一切講求利益的社會裡，大概也很難看到這種有夢想的「傻瓜」。年輕人大都往有「錢」途的行業走；世俗的中年人，不再堅持自己想法與作法。在現實的社會或政治環境裡，如果有人複製唐吉訶德的「不可能的夢」：「企圖舉著正義的大旗,去抗爭一個打不敗的敵人」卻可能招致他人的嘲笑及輕蔑。當大家為了私利、為了那社會主流所擁抱的權力與人情,不斷訕笑騎士的不識大局、魯莽行事。我們不禁要問自己,這個時代難道不需要這種「做不可能夢」的英雄嗎?

79.

"…this world would be a whole lot better if we just made an effort to be less horrible to one another . . . ; if we took just five minutes to recognize each other's beauty instead of attacking each other for our differences."

這個世界將會更美好，假如我們努力不對他人做惡劣的行為；假如我們願意花五分鐘時間，接受彼此的美，而不是攻擊彼此的不同。

Ellen Page 愛倫‧佩基

⊠ **make an effort** 努力

例：I need to make a great effort to improve my English if I want to graduate this year.

（如果我想今年畢業，我得好好努力，讓我的英文進步。）

⊠ **horrible** 可怕、令人厭惡的

例：Peter used to bully some younger students in school; he was a horrible boy in the eyes of many of his classmates.

（Peter以前在學校常常欺凌一些年紀較小的學生，在同學眼中，是個可惡的男孩。）

⊠ **recognize** 接受、認識

例：We all learn to recognize our own weaknesses.

（我們都會學習到承認自己的弱點。）

　　這句話出自加拿大知名女演員愛倫・佩基（Ellen Page，1987-）在2014年情人節（Valentine's Day）於美國人權團體的演講。佩基年紀雖輕，但她在演藝方面的表現深受肯定。曾於2008年以《鴻孕當頭》（*Juno*, 2007）一片獲奧斯卡金像獎最佳女主角提名，也曾於2008年被美國時代雜誌選為百位最有影響人物之一。曾主演過熱門電影《X戰警》（*X-Men*）及《全面啟動》（*Inception*）。

　　在這場面對主張跨性別的人權大會中，愛倫勇敢承認其同志身份，整個媒體焦點都圍繞她的出櫃（to come out）宣言。愛倫的性向其實是她個人的私事，然而，她卻長期處在這陰影下。在這場緊張的演講中，她的性向不該是我們注視的焦點。反之，真誠的告白中，愛倫提出了整個社會的一些根深柢固的歧視問題。不少弱勢者（不一定是同性戀者），由於社會偏見或某些人的惡意，無法面對自己，也無法體會社會的良善一面，他們的人生可能因為一點點微不足道的小事而被摧毀："Sometimes it's the little insignificant stuff that can tear you down."（有時，一些細微小事就把你摧毀。）。

　　愛倫認為，如果大家願意驅除一些成見，放下彼此間的一些恨意及刻板看法，或許整個世界會更好（"...this world would be a whole lot better if we made an effort to be less horrible to one other."）她希望大家能看到彼此的美，而不是攻擊彼此的不同。儘管外表不同、性別不同、個性不同，每個人都有美的一面，都有讓別人欣賞的地方。試問：我們能接受「敵人」美的一面嗎？（to recognize each other's beauty）。

　　我們對同性戀或許各有不同的看法與態度。但是愛倫的想法，其實激起了人性善的一面。人與人不可能完全一樣，外表、智力、能力、出身或性向，都有所差異，但是我們經常使用所謂社會的常規（norms），來看所有的事物。看到長得不符所謂社會期望的人，不管是長相或身材不合他人標準，就百般嘲笑；看到一些成就或能力比我們差的人，就有股輕視心態；遇到想法或意識形態不同的人，就充滿敵意。難道我們不能容忍跟我們不同的人嗎？難道對那些被迫生活在陰影與社會敵意下的人，我們就這麼不能接受嗎？

　　學校的霸凌事件，常造成悲劇；社會上的暴力衝突，讓我們悲觀；政治上的對立，也讓整個社會不安。一個知名的女演員也許是有影響力的人，但她也曾活在這種對立與歧視的陰影中。如何減少一點點對「不一樣的人」那種恨意（less horrible to one other），這個世界會更加美好！

　　美好的世界就從「接受或容忍那些跟你不一樣的人」開始吧！

80.

一句英文看天下

{ "To me the meanest flower that blows can give thoughts that do often lie too deep for tears." }

對我來說，最卑微的一朵花開，能引起深思，流淚也難表達內心的感動。

"Ode: Intimations of Immortality"
〈詩頌：靈魂不朽之提示〉
William Wordsworth 威廉‧華茲華斯

⊠　**mean** 卑微的，低微的，沒有價值的
　　the meanest flower 即指最卑賤的、沒有價值的花朵。

⊠　**blow** 開花
　　此處當動詞用，指的是「開花」，現在較少人使用此字來
　　表示花開，而是用動詞　blossom。詩人此處使用此字，是
　　配合詩中的音節節奏。

⊠　**lie** 存在於……
　　指某項事物存在於某種狀態之下，例：Her beauty lies be-
　　neath the appearance.（她的美在於外表之下。）表示她的
　　美是內在美。此處 thoughts that do often lie ...指的是最卑
　　微的花朵，激起一些想法，而這些想法確實經常存在於某
　　種狀況下（do often lie）。

⊠　**too... for...** 對……來說太過……
　　too 原意為「太過於」，too deep for tears 指前面的想法，
　　太過於深刻深入，令人感動，即使流淚都很難表達這種感
　　動的心情。就像我們常說的：Your talk is too deep for me.
　　（你說的太深奧了，我聽不太懂。）

　　英國十九世紀的浪漫詩人華茲華斯（William Wordsworth，1770-1850）寫了很多關於大自然的詩，這首"Ode: Intimations of Immortality"也是如此，主要強調我們大人常會喪失了觀察大自然、體會大自然的能力。每個人小時候都曾擁有這些探索自然與珍惜周遭一切的力量，但是在世俗雜事的紛擾下，卻漸漸喪失了純真的本質。因此，詩人希望我們能跟純真的孩童多學習，找回這種珍惜平凡事物的能力。

　　這句話以最卑微、最沒有價值的花朵當主詞，動詞為give，表示綻開（blow）的花朵，能賦予（或開啟）一些想法（can give thoughts），而這些想法深刻到令人動容，連流淚都很難形容這種感動（too deep for tears）。Wordsworth在此指出，我們可以從平凡或卑微中創造不平凡，這是創造力的一種展現。透過這種能力，誠如詩人所言："...ordinary things should be presented to the mind in an unusually way."（平凡的事物，以不尋常的方式，呈現給心靈）。

　　在講求創意的現代，要發掘新的觀念，思考全新的產品或事物，有時並不需要上山下海或是絞盡腦汁，而是從周遭平凡、卑微的事物中，找到令人感動的想法。像台灣珍珠奶茶奇蹟，並非重新創造一種嶄新的飲品，而是將平常習以為常的奶茶，加上一些台灣傳統的材料，開啟了不一樣的口感經驗。一切令人感動、深刻難忘的事物與想法，或者是偉大的創意，可能都是從微小的地方開始。許多餐廳，都是從很細微的服務或餐飲的改變，而引起大家的驚艷；我們身邊的一些小人物，如陳樹菊，所做的一些舉動與作為，也深深感動我們。

　　Wordsworth　這句話提醒我們：創意與不平凡的事物，都可能在最平凡與最卑微的地方，等待我們去發現；偉大的人物就在你身邊，端看你如何去察覺他們的不平凡！

　　"To me the best idea lies in an untrodden way."（對我來說，最好的想法存於未經踐踏的道路上。）

81.

一句英文看天下

—◦∞◦—

{ "Universal History, the history of
what man has accomplished in this
world, is at bottom the History of
the Great Men who have worked
here. " }

世界歷史，也就是人類在這世界所完成事情的記
錄。基本上，是偉人的歷史。

On Heroes, Hero-Worship and the Heroic in History
《英雄與英雄崇拜》
Thomas Carlyle 湯馬斯・卡萊爾

☒ **accomplish** 完成，達成任務或工作

　例：After two days' flight, they accomplished their
　　　mission of landing on the continent.
　　　（經過兩天的飛行，他們完成了登陸的任務。）

☒ **at bottom** 實際上，基本上

　例：He may speak bluntly and offend people easily; yet,
　　　he is at bottom a kindhearted person.
　　　（他或許講話沒有禮貌，很容易得罪人。然而，他其實
　　　　心腸很好。）

　　本句出自英國十九世紀散文家湯馬斯・卡萊爾（Thomas Carlyle，1795-1881）所著的《英雄與英雄崇拜》（*On Heroes, Hero-Worship and the Heroic in History*）一書，此書乃作者在1840年一系列的演講稿，指出影響人類社會與創造文明的六大英雄：神（上天的力量）、預言家（偉大的思想家）、神職人員（引導時代的改革者）、文學家、詩人、國王（政治人物與革命者）。作者在第一講中，指出英雄特殊之處，認為我們時代或文明的改變，都是這些偉大人物的想法所觸動的："...all things that we see standing accomplished in the world are properly the outer material result, the practical realization and embodiment, of Thoughts that dwelt in the Great Men sent into the world."（我們看到這世界所有外在物質的成果，都是這些偉人想法的具體實現與展現。）

　　從科學家（如牛頓、愛因斯坦、瓦特等）、革命實踐者（如華盛頓、孫中山等）、文學家（如莎士比亞、歌德等）到政治人物（如林肯、邱吉爾等）都扭轉並創造了人類的命運。當代如蘋果的賈柏斯也都改變了人類社會與運作的習慣，因此「他們是人類的領導者，偉大的人，也是規範者與典範，在某個層次上而言，他們是創造者，創造大眾想做或想獲得的事物」（"They were the leaders of men, these great ones; the modellers, patterns, and in a wide sense creators, of whatsoever the general mass of men contrived to do or to attain..."）。

　　每當社會碰到難題，總是希望有這類「英雄」出來領導我們、改變社會，他們的想法或作法能帶領我們創造出輝煌的成果。

　　然而，在當今多元社會中，英雄可能出現嗎？在早期文化、政治或科技發展較為單純的社會中，個人的魅力很容易感染大眾，也容易因為某些想法產生改變。時至今日，即使有魅力的領導者，面對各種複雜的環境變化與不同利益、文化的衝突，如何貫徹其意志與想法，在在考驗其能力與智慧。

　　或許，誠如英國小說家格雷安‧葛林（Graham Green，1904-1991）所說的：這個世界不再製造英雄（The world doesn't make any heroes any more.）。也許，英國作家維吉尼亞‧吳爾芙（Virginia Woolf）在小說《燈塔行》所說的也沒錯："If Shakespeare had never existed, would the world have differed much from what it is today? Does the progress of civilization depend upon great men? Is the lot of the average human being better now than in the time of the Pharaohs?"（假如莎士比亞不存在，世界會跟現在很不一樣嗎？文明的進展需要依靠偉人嗎？現在一般人的命運比埃及法老王時代好嗎？）我們期望英雄人物的出現，但是他們英雄似的改變，真的會讓我們更好嗎？

82.

"Violence is the last refuge of the incompetent."

暴力是無能者尋求慰藉的方式。

The Foundation Series《基地》系列小說

Isaac Asimov 以撒·艾西莫夫

⊠ **violence** 暴力,暴行

例:Nowadays, even the primetime shows on TV are full of violence.

（最近,連黃金時段的電視節目都充斥著暴力。）

⊠ **refuge** 手段,藉口

一般指避難或逃難,在此的意思是為逃離困難所採用的「手段」或「藉口」。the last refuge（最後的手段）。

例:According to Boswell, Samuel Johnson, an 18th-century British writer, claims that patriotism is the last refuge of a scoundrel.

（依包斯威爾所說,十八世紀的英國作家強生聲稱愛國是惡棍最後的手段或避難所。）

⊠ **incompetent** 無能,沒有能力

例:He is incompetent to manage a crisis.

　　這句話出自美國科幻小說大師以撒・艾西莫夫（Isaac Asimov，1920-1992）的《基地》系列小說（*The Foundation Series*）。艾西莫夫的未來幻想（future fantasy）是科幻小說（science fiction）的經典。他的作品《機器公敵》（*I, Robot*）曾拍成電影，探討人類與科技之間的關係，其中最著名的機器人三大定律（The Three Laws of Robotics），顛覆了傳統人類與機器的對立關係，認為人與機器可以和平共處。

　　艾西莫夫的《基地》系列小說，主要靈感來自十八世紀吉朋（Edward Gibbon，1737-1794）所寫的《羅馬帝國衰亡史》（*The History of the Decline and Fall of the Roman Empire*）。其背景在未來，描述銀河帝國（Galactic Empire）的滅亡，隱含人類文明與歷史的循環與沒落。為了保存人類文明，一些科學家在銀河邊緣建立基地，其中的領導者賽佛・哈定（Salvor Hardin）運用安撫、巧妙的政治手腕，維持文明城市的安定。

　　面對內部與外部的挑戰與暴力威脅，哈定認為暴力是那些無能者最後訴諸的手段（"Violence is the last refuge of the incompetent."），也就是說，有些人沒有能力或是無法提出有效政策與治理方式來解決問題，通常只能訴諸暴力或恐怖行動，企圖以極端的凶殘手段強迫別人服從。這種暴力行為更凸顯這些施暴者無能的一面。艾西莫夫的這句話經常成為西方社會譴責暴力的名言。小至學校的霸凌事件，大到國際間的恐怖行動，似乎都可以看到那些施暴者「色厲內荏」的一面，也就是外表凶惡卻內心虛弱。

　　在原始野蠻的社會，由於沒有任何規範與秩序，使用武力或暴力或許是不得已的手段。然而，在進步與文明社會中，動不動使用暴力，只不過是顯現自己內心的懦弱與無能罷了。最近的北韓飛彈威脅以及美國恐怖炸彈事件，甚至台灣立院的踢門事件，不管理由有無正當性，但訴諸暴力或傷害無辜人士，只是顯現施暴者的沒有理性、野蠻與懦弱。誠如印度國父甘地所說的："An eye for an eye makes the whole world blind."（以眼還眼的報復，蒙蔽了整個世界。）

或許施暴者也該聽聽美國詩人愛默森（Ralph Waldo Emerson，1803-1882）所說的一句話："Peace cannot be achieved through violence; it can only be attained through understanding."（和平無法透過暴力完成，只能經由互相了解而獲得。）

83.

一句英文看天下

{ "We are all patchworks, and so
shapeless and diverse in composition
that each bit, each moment plays its
own game." }

我們都是組合拼貼的作品，形狀不定，組成多
元，每一片，在每個時刻，都各有其功能。

" Of the Inconsistency of Our Actions " 〈論我們行為的不一致〉

Michel De Montaigne 米歇爾 · 德 · 蒙泰涅

⊠ **patchwork** 拼貼組合的事物

例：Against the black-and-white background, this painting shows a patchwork of modernism and postmodernism.

（以黑白為背景，這幅畫融合拼貼了現代主義與後現代主義。）

⊠ **shapeless** 無定形的，不成形的

例：I was scared by a shapeless figure passing by around the corner.

（角落有個模糊的形體經過，把我嚇壞了。）

⊠ **diverse** 多樣的

例：Peter is welcomed by a diverse group of audience.

（Peter 受不同族群的觀眾所喜愛。）

⊠ **composition** 組成

例：Many drugs for the cold vary in composition and effects.

（很多感冒藥組成成分及效果都不同。）

　　這句話出自法國文藝復興時期作家米歇爾・德・蒙泰涅（Michel, De Montaigne, 1533-1592）的一篇散文〈論我們行為的不一致〉（"Of the Inconsistency of Our Actions"）。蒙特涅的散文主題與風格多元。他大概是近代文學史上第一個問「我是誰」的作家，探索人類存在意義以及思考自我在社群中的主體性。多數批評家認為他是開啟討論「現代性」（modernity）的先驅。

　　這篇〈論我們行為的不一致〉，主要探討人類心靈的運作，蒙特涅認為人類心智不僅具有從柏拉圖以來所歌頌的理性判斷能力，更大膽帶領讀者遠離傳統的理性思維，進入心智中最複雜的層次，以自己為寫作的中心，剖析自己內心的想法。他說："Readers, I am myself the subject of my book; it is not reasonable to expect you to waste your leisure on a matter so frivolous and empty."（讀者們，我自己本人就是本書的主題，不期望你浪費閒暇時間在這麼一個微不足道且空洞的主題上。）

　　文章一開始就指出個人的行為經常非常複雜甚至矛盾，很難想像這是來自同一個體，有時具有戰神的特質，有時又是如維納斯的小孩：他說："One moment young Marius is a son of Mars, another moment a son of Venus."透過觀察個別行為，蒙特涅認為長久以來我們認為人類擁有完整且穩定的性格或心智結構，這樣的想法完全是錯誤的。也就是我們其實受到不同力量的牽引，有如木偶般，受到外在環境與動力的驅使，無法掌控自己的行為，它引用羅馬詩人 Horace 的一句話："Like Puppets we are moved by the outside strings."（有如木偶，我們被外在的線所控制。）這也就是為何連他的個人行為經常充滿矛盾：“All contradictions may be found in me”。

這種人類行為的不一致，時而快樂或悲傷；時而理性或感性；有時堅強而有時軟弱；有時暴躁而有時浪漫。作家於是歸納出此句，我們都是組合拼貼的作品。

蒙特涅對於人類行為與心智運作的分析，打破了傳統對人的看法，回歸到人的多重本性，也奠立當代對於人性的多元看法，也協助我們解釋各種人性的複雜面。有時我們不知道，為何一個滿口責任感、道德觀的主管會貪圖一些小利？為何看起來很有事業心的女強人，遇到心愛男人，願意放棄所有一切，洗手做羹湯？為何一個事事聽從老婆指示的溫馴老公，會有外遇對象？為何不苟言笑的嚴厲老闆，會任由貴賓狗在身上亂舔撒嬌？為何號稱有工作效率的模範公僕貪汙拿回扣？

下次看到號稱理性思維的法律人，歇斯底里的發洩，別那麼驚訝！目睹嚴肅的老爸，露出小女生的神態撒嬌，也別從椅子上跌下。我們都是「patchwork」，任何個體都是不同個性與行為的多重組合！

84.

一句英文看天下

"We are responsible for these people."

我們對這些人有責任。

Argo《亞果出任務》

※ **responsible 負責任的**

一般來說 ，「be responsible for ＋ 事情」表示負責某些事情，而「be accountable to ＋ 人」表示對某人有所承諾或義務，而做某事。但此處be responsible for ＋ 人，也可以表示對某些人負有責任。有時候兩個字可以通用，但大多時候，語意、用法會有些不同，說明如下：

accountable與responsible的中文翻譯都是「負責任的」。accountable表示對某件事或某人有絕對的承擔責任，而responsible則是負責做某些事情。所以，如果你被分配一項工作，你可以將工作分配給別人，由別人來承擔某項工作（responsible for some work），但是你無法將accountability（責任）分出去，一切的成敗還是由你負責：You are accountable to your boss or for this project.（你要對老闆或整個企畫案負責。）

例：Peter is responsible for marketing in the company.
　　（彼得負責公司的行銷業務。）

例：Peter is accountable to his supervisor for the new promotion project.

這句話出自2013年奧斯卡最佳影片《亞果出任務》。男主角東尼·曼德茲（Tony Mendez，由Ben Affleck班·艾佛列克主演的中情局救援專家）發現美國政府因為擔心引起國際外交醜聞，準備放棄救援陷在伊朗的六個人質，他很生氣地對著上司發出正義的怒吼！這部電影描寫美國在伊朗的人質危機，敘述中情局如何假冒成電影團隊，進入伊朗拯救人質的真實故事。

儘管電影並非完全史實且略顯誇張，但電影會成功，並非故事本身，而是過程中各項事件與人員的巧妙配合，加上導演說故事的功力，細節環環相扣，成為難得一見的動作情報片。

電影中，東尼·曼德茲希望贏得人質的信任："You play along with me today. I promise I will get you out tomorrow."（你們今天跟我一起演出，我保證明天把你們弄出去。）最後人質信任他，但美國政府卻背叛他們："It's a national embarrassment."（那會造成國家難堪）。人與人之間的信任，激起這位中情局幹員的內心聲音："We are responsible for these people."（我們對這些人有責任！）。這裡的 these people 是活生生的六個人，而非政客口中常常宣稱的口號：「人民」。

的確，不論任何政府或機構，對自己的人民或員工都應秉持「負責任」（accountability）的企業社會責任（CSR, Corporate Social Responsibility）。員工信任你，將一切放在你手中。老闆或主管如果只是為了一時利益、面子或不願承擔後果，而犧牲自己員工，將責任推給屬下，這樣如何能贏得員工或屬下的敬重？這種對屬下負責任的態度，其實是政府治理或企業管理的基本原則。

　　一位中小企業的老闆曾對我說，其實他很早以前就可以退休，但一想到公司有十幾個家庭靠他生活，而說道：I am responsible for my employees and their families. （我要對員工和他們的家庭有責任。）聽來著實令人動容。

　　執政者也應如此，人民因為信任，將權力交給你，將生命、財產交到你手上，任何施政或決定都不該只想到自己的歷史定位或面子問題，應該想想：We are responsible for these people. 看看身邊活生生的面孔，這些人都是你的責任！

85.

❧

"We create our own demons."

我們創造自己的魔鬼。

Iron Man 3《鋼鐵人 3》

☒ **create** 創造

　例：All men are created equal.

　　　（人生來平等。）

　例：North Korea's missile threats created the chaos in Asian financial market.

　　　（北韓的飛彈威脅在亞洲金融市場引起了混亂。）

☒ **demon** 惡魔，惡棍，邪惡的人

　例：In this luxury world, the demon of vanity always tempts us.

　　　（在這個奢華世界，虛榮的惡魔永遠誘惑著我們。）

　　這句話出自《鋼鐵人3》主角東尼‧史塔克（Tony Stark，小勞勃道尼Robert Downy Jr.飾演），他自稱引用一位名人的話，語氣幽默並自我調侃。此部電影，延續之前《鋼鐵人》正邪之爭，而這次的惡魔，依據史塔克所言，則是自己無心製造出的敵人（enemy）。

　　電影一開始，天才軍事科學家及億萬富翁東尼，回憶1999年的跨年晚會中，無意間製造了一個敵人—奧德里‧齊禮安博士。那天晚上，他享受跨年的玩樂，忽略且貶低了齊禮安這位自卑的科學家，造成日後美國遭受他的恐怖報復。

　　電影仍然著重在特效與科幻的場景，滿足了觀眾的視覺享受。然而，電影的成功，不僅是科幻的元素，最重要的是小勞勃道尼演活了東尼‧史塔克這個角色。一個發明天才，有精神創傷，又不失幽默與反省能力，不禁讓人為這個外表堅強，內心脆弱的英雄著迷。

　　史塔克在電影一開始的這句話"We create our own demons."，不但引出了整部電影的前因後果，也指出了我們人生或職場的無奈。在人生或職場中，我們常常會碰見貴人（angels），但也經常遭受一些不友善人士的阻撓與打擊，這些人可能會在背後講你壞話，也可能搬弄是非，更可能會陷害或背叛你，成為你生命中的魔鬼（demons）。

　　有時，我們常常會將自己的失敗歸諸到這些人身上：老師或老闆不喜歡我，就是某某人所造成的。心想自己明明能力很強，為何不受重視？進而將自己的失敗，歸諸於別人的錯誤或破壞。把責任推到別人身上是很簡單的。但像史塔克能力這麼強的英雄，卻很有反省能力，覺得人生很多挫折或惡魔，其實都是自己創造出來的（create your own...）。誠如史塔克所說，我們可能很自大，以為自己能力很強，而忽略或貶低了別人的貢獻與能力，不小心製造了一個可怕敵人而不自知。

人生或職場中很多敵人（demons），可能都是自己製造出來的！因此下次開會或發表意見的時候，可能得顧慮一下別人的感受或尊重不同的觀點；團隊做事的時候，儘管你貢獻最多，也要多肯定別人一點。我們還是可以強調自己的意見，展現自己的能力，但也應多方面反省，自大、不尊重別人，才可能是自己最大的惡魔！正如法國詩人雷米·德·古爾蒙（Remy de Gourmont）所說："Demons are like obedient dogs; they come when they are called."（惡魔就像聽話的狗，隨叫隨到。）

86.

一句英文看天下

"We don't realize what a privilege it is to grow old with someone."

我們都認不清，能跟某人一起變老，是怎樣的恩典啊！

P.S. I Love You《P.S. 我愛你》
改編自 Cecelia Ahern 西西莉亞・艾亨的同名小說

⊠ **P.S.** 附言

postscript 的縮寫，通常是在信末所附加的文句。

如此處，在信末加上 P.S. I love you.

⊠ **What ＋名詞 it is** 多麼⋯⋯

這是英文的一種感嘆用法。

例：What a beautiful garden it is!

（多美的花園啊！）

⊠ **realize** 理解、了解、認清

例：Jenny finally realized that losing the game was not
the end of the world.

（Jenny最後認清，輸掉比賽並非世界末日。）

⊠ **privilege** 特權、恩典、殊榮

例：It is a great privilege to have you here.

（能請你來此，真是我們莫大的榮幸。）

此句出自2007年美國好萊塢愛情電影《P.S. 我愛你》（*P.S. I Love You*）。該電影改編自愛爾蘭作家Cecelia Ahern（1981-）於2004出版的同名小說。電影根據小說拍攝。故事敘述女主角荷莉（Holly）與先生蓋瑞（Gerry）婚後儘管非常相愛，但常因一些家庭瑣事吵架。後來蓋瑞因腦瘤過世，荷莉才深刻感受到先生對他的重要，過去的爭吵已經無關緊要。

葬禮後，極度哀傷的荷莉開始封閉自我，不與外界來往。直到三十歲生日，媽媽及其他家人來她慶祝生日，希望協助她度過難關。那天的生日蛋糕附著她先生生前寫的她一封信，自此開啟了一連串的驚奇。蓋瑞在生前已經安排了十封信要寄給她，每封信都安排一個感性活動，希望她走出哀傷，再度擁有愛人的衝動，信後總會加上"P.S. I Love You"。信中帶著愉快口氣，充滿感性的文字，令人動容！難道愛情只有失去後，才能感受到它的強度？

有天，Holly跟想追求她的酒店伙計Daniel出遊，路上看到一對老夫妻相互扶持，Daniel感慨說："We're so arrogant, aren't we? So afraid of age, we do everything we can to prevent it. We don't realize what a privilege it is to grow old with someone. Someone who doesn't drive you to commit murder or doesn't humiliate you beyond repair."（我們都很自大，不是嗎？很怕老，所以盡一切努力來避免老化。我們都認不清，能跟某人一起變老，是怎樣的恩典啊！那個人不會逼你殺人，那個人也不會徹底羞辱你！）

真的，要跟一個尊重、愛護你且不會讓你發瘋的人一起變老，是人生多麼大的恩典與幸福啊！一些至值壯年、有才能的男士（如林杰樑、徐生明等），突然病故，留下哀傷與痛苦，令人唏噓。可見兩個相愛的人一起變老，不是容易的事！

也有一些夫妻，雖然沒有生離死別，但雙方在激情消逝後，只是制式地一起生活，但意見不和、價值觀也不同。雖然身體變老了，但兩人的心並沒有一起變成熟。理性一點，可能以離婚收場；而無法脫離婚姻的人，心理上卻相互折磨、羞辱，愛情、親情已經蕩然無存！

到底愛情是什麼？是一見鍾情的激情（passion）？還是外表、肉體的性愛（sex）追求？亦或是一起變老（to grow old together）情感（affection）的延續呢？或許以上都有吧！但是，精神上或身體上，若沒有一起變老，愛情似乎總是缺了個完美的結局！

87.

一句英文看天下

{ "We're up on a roll and it's taking a toll / But it's too late to stop now." }

我們運勢看漲，然而這是得付出代價的，但是現在要喊停卻太遲了。

"The Price We Pay" 〈我們付出的代價〉
搖滾樂團 Heaven's Basemen「地下天堂」

※ **on a roll** 連連成功，好運當頭

例：With several products in the market, this cellphone
company has been on a roll.

（擁有不少產品上市，這家手機公司已經行情看漲。）

※ **take a toll** 造成重大損失或傷害，付出重大代價

例：Do you know that the unhealthy dietary habit and
lifestyle will take a toll on you?

（你知道嗎，不健康的飲食習慣及生活方式，對你會有
很大的傷害。）

　　這句話出自英國當代搖滾樂團「地下天堂」（Heaven's Basement）一首主打歌曲〈我們付出的代價〉（"The Price We Pay"）。地下天堂成立於2008年，以密集的表演行程與充滿爆發力的現場演出聞名。首張專輯Filthy Empire以硬式搖滾的風格，在歐美的樂壇中引發熱潮。

　　硬式搖滾（Hard Rock or Heavy Rock）延續搖滾樂風格，大量加入具衝擊性、爆發性的音樂元素，利用電吉他、低音吉他及鼓，引爆搖滾樂的內在活力。七〇年代到成為歐美流行音樂的主流，如「齊柏林飛船」（Led Zepplin）及「誰合唱團」（The Who）等樂團，八〇年代范·海倫（Van Halen）及邦·喬飛（Bon Jovi）等樂團達到高峰。進入二十一世紀，邦·喬飛等樂團仍延續這些搖滾熱潮，加入浪漫及反抗的現代因素，帶領新一代硬式搖滾，如「地下天堂」這個以現場爆發演出為主的樂團。

　　這首〈我們付出的代價〉出自首張專輯Filthy Empire，以浪漫及高昂的歌聲融入搖滾節奏，唱出樂團自己追夢的本質。整首歌似乎在敘述樂團本身所面對的掙扎：離開家鄉努力追夢，但卻無法跟愛人在一起。這首歌一開始即點出面對成功與失去的矛盾："We're up on a roll and it's taking a toll / But it's too late to stop now."（我們運勢看漲，然而這是得付出代價的，但是現在要喊停卻太遲了。）。主唱者唱出了："Hoping that you'll be around / when I get home / Hoping that you'll see the reason that I'm gone."（當我回家時希望你還在；希望你能懂我離開的原因。）因此，「雨來了，這是我們付出的代價。」（"Again here comes the rain / And I say it's the price that we pay.")

　　成功或追求夢想，都得付出代價。很多人做了決定，但是害怕失去原有的東西、害怕犧牲，而不敢勇敢走下去。任何成功的人，其實都付出了不少代價：爬上政府高位的人，得犧牲家庭時間、個人隱私與喜好；企業大老，也得長年長期工作，應酬打拼，犧牲身體健康與家庭親情、友情；業務員追求業績，得超時工作，成為爆肝一族；學生獲得好成績，絕非靠著天生資質，而是犧牲睡眠或玩樂時間，埋首書堆。

　　進行任何事情也得付出代價：政府推動新政策，必定存在風險與成本，其代價可能很高；企業推出新產品，也可能失去原有客戶；投資高風險的債券基金，也得付出高昂代價；學生關心社會事務，參與遊行示威，展現自己理念，但也得付出代價，可能觸犯法律或遭受暴力。

　　別期望以輕鬆愉快或毫不負責任的態度，面對自己所做的事情。有成就的工作必定付出代價，問題是：我們願意付出代價嗎？

88.

"What do we live for, if it is not to make life less difficult to each other?"

我們為何而活，假如不是為了讓彼此的生活少點麻煩？

Middlemarch《米德鎮》

George Eliot 喬治・愛略特

☒ **live for** 為某種目標或某人而活

　例：Falling deeply in love, Tom and Janet believed they
　　　 were born for each other and lived for each other.
　　　（湯姆與珍娜深深相愛，認為兩人為彼此而生、為彼
　　　　此而活。）

☒ **to make ...less / more difficult** 讓……更（不）困難

　例：Your interference will make my job more difficult.
　　　（由於你的干擾介入，我的工作將會更難做了。）

　　這句話出自十九世紀英國女作家喬治·愛略特（George Eliot，原名Mary Anne Evans）的曠世絕作《米德鎮》（*Middlemarch*）。這部小說描述十九世紀英國經歷工業革命的衝擊，家庭與社會價值產生劇烈改變，人與人之間的關係漸漸變成由權力、財富及利害關係來維繫，人的尊嚴、價值與友誼逐漸淪喪。

　　《米德鎮》具有史詩架構，從女主角多若西雅（Dorothea）的角度來看這個複雜的社會脈絡，很多批評家都認為這是英國文學史上最好的一本小說。

　　小說圍繞女主角多若西雅發展，故事以三對男女間的愛情、家庭及社會變遷為主軸。多若西雅充滿熱情與改革的企圖心，嫁給一位看起來心懷壯志的學者，最後卻失望了。她將對社會的熱情轉向支持小鎮醫生利德格（Lydgate）的醫療改革。同樣充滿社會熱情的利德格醫生，長久以來想要突破傳統的醫學限制，對病人及現代醫學有所貢獻。然而在一次受賄疑雲中，正直遭受質疑。作為好友兼改革者，多若西雅選擇相信並支持他："I cannot be indifferent to the troubles of a man who advised me in my trouble, and attended me in my illness."（對於他的困難，我無法無動於衷，他曾在我困難時給我建議，在我生病時照顧我。）

　　我們常常問自己為何而活？有人是為了自己前途或金錢而奮鬥，有人是為了名聲，也有人是為了改變這個社會或環境，但是大部分的人其實都沒有能力或實力去做一些重大改變。小說中的多若西雅受限於當時社會對女性的規範，無法發揮所長，進行改革，幫助更多的人，因此她將生活目標縮小，關注並幫助周遭的人：“to make life less difficult to each other"（讓彼此的生活少點麻煩）。

　　談及生活的意義，何不從身邊的人做起？關心他們、支持他們，就跟多若西雅一樣，減少彼此生活的麻煩與痛苦，你會發現生活變得非常充實。

"What if a child dreamed of becoming something other than what society had intended?"

假如小孩夢想成為的，並非社會為他所計畫的，那又會如何？

Man of Steel 《超人：鋼鐵英雄》

※ **What if...?**

常見的一種假設表達方式，意為「就算或如果某事發生了，那又怎樣？」暗指，假使某事真的發生了，那也沒什麼不好！雖為問句，但語氣是肯定的。

例：What if I decide to find a job instead of studying abroad?

（即使我決定找工作，不出國念書，那又如何？）

※ **dream of** 夢想、夢到

dream of becoming 夢想成為。

例：When I was a kid, I used to dream of becoming a singer.

（我小時候，曾夢想成為一個歌手。）

※ **other than** 不同於或不符合

例：Always fighting against conventions, my brother wanted to do something other than what the whole family expected him to do.

（我哥哥總是對抗傳統，他想做的事，不符非全家族對他的期望。）

※ **intend** 打算、想

例：My parents intended me to become a lawyer; yet, I failed to meet their expectations.

（我父母期望我成為律師，然而，我沒有達到他們的期望。）

　　這句話出自於2013年重拍的超人電影《超人：鋼鐵英雄》。超人的父親喬·艾爾（羅素·克羅飾演），透過未來影像，告知兒子為何把他送來地球。喬·艾爾所居住的星球，為高度文明社會，但由於過度開發，即將毀滅。在這個星球上，所有嬰兒都透過基因設定，成為社會所期望的不同角色："Every child was designed to perform a predetermined role in our society as a worker, a warrior, a leader, and so on."（每個小孩，被設定扮演社會中的各種角色，成為工人、戰士、領導者等。）超人的父母認為，小孩被社會限定角色，喪失了在高度文明社會中原有的價值：element of choice（生命的選擇）。因此，他們決定自然生產，讓小孩選擇自己命運。因為小孩不一定要照我們這個社會所期望的："What if a child dreamed of becoming something other than what society had intended?"（就算小孩夢想成為的，並非社會為他所計畫的，那又會如何？），進一步指出："What if a child aspired to something greater?"（小孩可能會渴望更偉大的！）

　　東方父母，經常以關心孩子發展為由，希望孩子依照自己或社會的期望來規劃生涯，很少讓孩子選擇自己的生活。在台灣，每個小孩從小念書、補習，就是想進所謂的明星高中、大學。然而，這種學術的選擇，並非適合每個人。而且事實證明，在父母親制式思維下成長的孩子，並不快樂，也常喪失其他發展的可能性。

　　台灣劇場之寶李國修，曾告訴小孩：「我就是要你功課爛。」。他希望教給小孩三樣法寶：「想像力、幽默感、愛。」這種打破社會成規，留給小孩自我發展的空間作法，實在令人佩服！台灣很多對社會很有貢獻的人，從小成績並不好，也沒有念所謂的名校，但是他們對社會的影響與貢獻，所留下的價值與典範，往往超過一窩蜂追求名校與學歷的人。

台灣很多碩士博士往往找不到方向，也找不到工作，或許很多人批評教育投資浪費。但這種學歷貶值，未嘗不是好事，讓社會或希望把兒女送入明星學校的菁英家長，好好想想：你的小孩真的想進這些以學術為主的大學嗎？其他技術或不同的職涯選擇，如戲劇、修車、餐飲、創作、服裝設計、動漫製作，可能才是他們的強項？

在十二年國教即將啟動的同時，急著把小孩送入私立中學，拼所謂明星學校的家長們，想想你的小孩，是否處在這種社會「集體催眠」的期望中，就如超人原本的社會控制一樣，犧牲生命的選擇或其他能力，終至毀滅！進名校、會念書又如何？

給小孩選擇的權利，培養真正面對社會的能力，具備李國修的「想像力、幽默感、愛」，才更重要！

90.

一句英文看天下

{ "…whatever I have tried to do in life, I have tried with all my heart to do well." }

不管我生命中想嘗試做什麼，我都真心要把它做好。

David Copperfield《塊肉餘生錄》
Charles Dickens 查爾斯·狄更斯

☒ **whatever** 不管

不管怎麼樣的事或物。在狄更斯這句話中，whatever這
個關係詞引導的這整句話（whatever I have tried to do in
life），當做後面句子do的受詞。

例：I ate whatever you cooked for me.

（你為我煮的，不管什麼，我都吃。）

☒ **with all one's heart** 真心，誠心誠意，全心全意

表示付出所有的心力，很真誠的去做一件事。

例：I love my family with all my heart.

（我全心全意愛我的家人。）

　　本句出自十九世紀的英國大文豪狄更斯（1812-1870）所著的《塊肉餘生錄》（*David Copperfield*, 1849）。在這本依照其生平某些事件所寫的小說中，狄更斯非常細膩地塑造小說主角人物。男主角 David Copperfield 是個困惑的年輕人，在繁華的社會中追尋自己的方向與真愛，有如當代年輕人面對職場或學業的選擇，充滿期待，卻常困在自己的感情裡，也為一時的衝動所苦。

　　這本小說可說是狄更斯的嘔心泣血之作，尤其是談到從小的孤兒經驗，更是從內心的深處的情感展現。作者在序言中，曾說這本小說可說是最偏愛的「小孩」。

　　小說以第一人稱的觀點來切入，從自身的孤兒身世談起，在繼父的嚴厲管教下，無法獲得僅存的母愛，一路跌跌撞撞，不斷地學習、不斷地在孤獨環境中教育自己。然而，年輕且無適當的指引，David 也因為情慾與衝動而犯下錯誤（the first mistaken impulse of my undisciplined heart 狂野心態所引起第一個錯誤衝動），但他總能忠實自己的感覺，表現出當時社會的積極精神，也呈現了狄更斯成功的重要生活哲學：「面對任何事，不管是大事或小事，都很認真，全力以赴」"... in great aims and in small, I have always been thoroughly in earnest"。

　　成功不一定是聰明人才能達到，但一定是屬於真心、真誠作事的人。現在很多人事情做一半，就開始抱怨或怠惰，這樣如何成功呢？智力或許是從事任何工作所需要的基本能力，但是想要有所成就，「認真」與「盡力做好」可能才是唯一的保證。認真地把一件事情做完、認真地把一本書讀完、認真地扮演人生的角色（不管是兒子、伴侶、父母、長官、部屬），才對得起自己。

　　從現在開始，好好去做好一件事情。不管你是在學校或進入職場，是否能夠盡全力、真心把它做好呢？我們看社會上成功的人大致如此。一個好的廚師，在成名之前，一定是專心誠意地做完所分配的工作，不要認為在廚房洗碗，沒有出息。好好洗碗、好好切菜，養成一絲不苟的做事態度，可能就是阿基師等名廚成功的秘訣。

　　翻開賈伯斯（Steve　Jobs）的傳記，狄更斯這句話也不斷地出現在翻動的書頁中："I have tried with all my heart to give you a perfect product in my life."（我真心誠意，在我有生之年，嘗試給你們一個完美的產品！）蘋果電腦、手機都是在這個理念下被創造出來的！

91.

"When I see your face, there's not a thing that I would change 'cause you're amazing, just the way you are."

我看著你的臉，沒有一絲會讓我想改變的地方，
因為你原本的樣子就很棒了。

"Just the Way You Are" 〈就是你原本的樣子〉
Bruno Mars 布魯諾・馬爾斯

◻ **change** 改變

　例：Mary changed her mind after she found out that she didn't love Peter.

　（Mary 發現自己並不愛 Peter，所以她改變了決定。）

◻ **'cause** 因為（原字為 **because**）

　在口語中，因為輕讀，念成'cause。

◻ **amazing** 令人驚嘆、很棒

　例：My father just told us an amazing story about his childhood.

　（我爸爸剛跟我們說了有關他童年的驚奇故事。）

　　這一句出自美國創作歌手布魯諾·馬爾斯（Bruno Mars, 1985-，台灣歌迷稱他為「火星人」布魯諾）最有名的抒情歌曲"Just the Way You Are"〈就是你原本的樣子〉。這首歌在第53屆葛萊美獎（Grammy Award）中，讓布魯諾贏得最佳男性流行美聲獎（Best Male Pop Vocal Performance）。出生音樂家庭的布魯諾，從小受各種美國流行元素影響，音樂風格充滿搖滾、嘻哈及藍調等色彩。而這首"Just the Way You Are"由他本人作詞作曲，輕快、柔情，令人回味。

　　這首歌一開始，就讚賞情人的眼睛及秀髮：她是如此的美，我每天都這樣告訴她（"She's so beautiful, and I tell her every day."）。然而，對方卻不相信，看不到自己的美，總是認為在欺騙她。歌手接著唱：「但是，每次她問我，看起來好嗎？我說，看著妳的臉，沒有一絲會讓我想改變的地方，因為你原本的樣子就很棒了。」（"But every time she asks me, 'Do I look okay?' I say, "When I see your face, there's not a thing that I would change 'cause you're amazing, just the way you are."）

　　到底愛情是什麼？很多年輕人心中都充滿著疑慮。碰到自己喜歡的人，總是擔心我自己是否夠好，對方會喜歡我這樣嗎？所以有些人就試圖改變自己來迎合對方，不管是重新打扮外表或改變個性，又或是在戀愛時，處處配合對方，甚或為了對方整形！

　　然而，真正的愛情應該是不虛假、不做作的！愛上一個人並非喜歡一個假象，也不是希望對方成為你幻想的那個人，而是如歌手所說的，就是你原來這樣子（Just the way you are）。喜歡上一個人，應該是喜歡原來、真正的她／他。不管她／他是高矮胖瘦、單眼皮或雙眼皮、喜歡穿牛仔褲還是短裙。在你眼中，她應該是最美的、也最能吸引你。

但是，現在，很多年輕人（甚至已結婚的人）對愛情充滿不實際的幻想，總是期望對方會因為「愛你」而改變。常常在認識之初，一廂情願，儘量容忍對方的缺點（外表或個性），然後不斷告訴自己，「我可以改變她／他；她／他一定會因為我而改變！」等到兩人進入穩定期，便開始挑剔對方或試圖改變對方：「為何不改變一下？為何不作些調整？」這種以「如果你愛我」就該迎合對方改變，經常成為爭吵的導火線，也成為後來分手（或離婚）的主因，也顯現愛情的不成熟與幼稚。

愛或喜歡一個人不是就應該接受她／他的一切嗎？接受他的外表或個性？如果你的情人希望你改變或外表整形，那你應該質疑他的真情。

別想要改變一個人，也別幻想任何人，會因為跟你在一起就會改變。接受她／他原來的一切，看出對方真正美的地方，那才是愛情的本質。

92.

❧

{ "Why should a foolish marriage
vow, / which long ago was made, /
Oblige us to each other now, When
passion is decayed?" }

為何愚蠢的婚姻誓約，很久以前訂定的，現在還
在強迫我們，當激情已逝？

Marriage a la Mod《婚姻時尚》
約翰・德萊頓

◻ **pleasure** 喜悅、快樂

例：Your presence is a great pleasure to me.
（你的蒞臨，是我偌大的喜悅。）

◻ **oath** 誓言、誓約

例：The soldiers swore an oath to protect the country.
（士兵宣誓保衛國家。）

　　這句話出自英國十七世紀末詩人約翰・德萊頓（John Dryden, 1631-1700）《婚姻時尚》（*Marriage a la Mode*, 1673）劇本中的一首詩。這部劇本主要以散文、詩歌及英雄雙行體（heroic couplets）所組成。這首喜劇以兩線故事進行，從兩件愛情追求的故事中，來討論當時社會愛情觀與婚姻間的糾葛。

　　這是一齣社會風情喜劇（comedy of manners），反映當時上流社會的生活形式與風情，部分戲劇充滿嘲諷與機智的話語，透過這些影射與相關語言的呈現，制約當時的生活禮儀，並批評上流社會的一些放蕩與浮誇行為。劇中人物的男女主角通常單純無知，相對於其他狡詐、愛玩弄心機的一些喜劇人物，構成這種喜劇的趣味性與社會性。

　　這首詩是這齣戲的兩首詩之一，主要諷刺婚姻的荒謬性。本首詩共分兩段，第一段談到婚姻的本質建立在喜悅與熱情上，如果熱情消失，婚姻存在的價值為何呢？兩人曾經相愛，但是愛情已經消失，婚姻的喜悅也遠去了，為何還執著婚姻："But our marriage is dead, when the pleasure is fled;'Twas pleasure first made it an oath."（我們婚姻已死，當喜悅流失，而喜悅是最初讓我們立下婚誓的原因。）

　　詩人以女性的語氣說話，採取調侃的口氣，說出了婚姻與愛情之間的尷尬關係。除了少數婚姻，大部分的婚姻都是建立在愛情的基礎上，兩人互相愛慕，生活在一起充滿喜悅，因此步入禮堂，建立婚姻誓約。然而，隨著歲月流逝、生活改變與環境變遷，那種熱情、那種喜悅的感覺，漸漸消失，可是婚姻還存在，這時兩人應該如何處理呢？

這首詩的第二段，其實隱含對方應該解放對方，讓對方去追求自己另一個喜悅對象，別將痛苦的兩人綁在一起："'Tis a madness that he should be jealous of me, / Or that I should bar him of another: / For all we can gain is to give our selves pain, / When neither can hinder the other."（他如果嫉妒我，那真的瘋了，或者我也阻擋他的另一個快樂，因為我們所能得到的只是給彼此痛苦，當兩個人都阻擋了對方的時候。）

即使這是十七世紀的詩作，但是所描述的婚姻矛盾，在二十一世紀的社會中，還是難解的習題。每次參加年輕朋友的婚姻，看到滿場祝福與新人的喜悅，真得為充滿熱情與喜悅的新人高興。然而，這樣的誓言是否能夠長久，這樣的熱情與喜悅，是否能夠繼續支持婚姻呢？婚姻是一種法律的關係？還是一種幸福的延續？

婚後，兩人成為有義務與責任的雙方，生了小孩，更負起父母親的權利與責任的關係，但是當時結婚的喜悅與熱情呢？誠如詩中所言的，喜悅才是最初讓兩人立下婚姻的誓言（"'Twas pleasure first made it an oath."），不是那種脫離不了的法律關係。好的婚姻，其實應該是雙方好好經營，維持那種喜悅及充滿熱情的兩人關係。

93.

{ "Will all great Neptune's ocean wash this blood / Clean from my hand?" }

偉大海神的海水，是否會將我手上的鮮血洗淨？

Macbeth《馬克白》
William Shakespeare 威廉・莎士比亞

▨ **Neptune** *海神*

　　為羅馬神話的海神，相當於希臘神話的Poseidon。

　　在西方傳統文化中，海水代表一種洗滌與再生的力量。

▨ **wash** *洗清*

　　英文的「洗」，除了使用　wash，也常搭配不同語意，
使用不同動詞，但都表示中文「洗清」的概念或行為，
如 shampoo the hair（洗頭髮）、do the dishes （洗碗
盤）、do the laundry（洗衣物）等。

　　例：We are told to wash our hands before each meal.
　　　　（我們被教導吃飯前要洗手。）

　　這一句話出自英國大文豪威廉・莎士比亞（William Shakespeare，1564-1616）的四大悲劇之一《馬克白》。劇中主人翁馬克白受到內心權力的驅使，在夫人極力慫恿下，殺死了鄧肯國王（Duncan），取而代之。整個劇本的第一階段描寫馬克白如何點燃權力野心，而後轉變成邪惡的化身；第二階段則完全刻畫他犯罪後，內心的罪惡感漸漸侵蝕心靈，終至徹底毀滅。

　　馬克白在殺死國王後，不斷地問自己，是否能脫離內心罪惡感的折磨："Will all great Neptune's ocean wash this blood clean from my hand?"。他的獨白中，也不斷地強化這種自責："No, this my hand will rather / The multitudinous seas incarnadine, /Making the green one red."（不行。我這雙手反而會染紅了浩瀚的大海，讓綠色的海變為血紅。）紅色代表自己的罪行，即使大海都無法洗清，反而污染了整個純潔的自然與社會。

　　《馬克白》這個劇本徹底分析人類對權力或金錢的貪婪。即使幾百年後，我們也可以將從「最初的貪婪」轉化成「絕對的邪惡」的過程，套在近年來台灣發生的很多政治貪污或社會謀財害的案件上。不管是政治人物的索賄或謀財害命的慘案，我們都可以看到，對權力與金錢的無窮渴望，是如何污染一個人的心靈。最後，邪惡的靈魂染紅了自己，也染紅了純潔的社會。

　　但是邪惡靈魂本身，仍不斷會遭受到罪惡的譴責。馬克白最終知道太太死亡之後，也從自己的慾望中看清人生虛無：權力、財物又代表什麼？"Life's but a walking shadow, a poor player / That struts and frets his hour upon the stage / And then is heard no more: it is a tale / Told by an idiot, full of sound and fury, / Signifying nothing."（人生只不過是行走的幽靈，有如一個可憐的演員，在舞台上炫耀、焦慮，然後再也聽不到。人生簡直是個傻蛋說故事，充滿著聲音與憤怒，最後什麼都沒有。）

馬克白內心的痛苦，值得現在關在監獄裡的貪婪男女好好沉思！

"The woods are lovely, dark and deep.
But I have promises to keep."

樹林迷人、黑暗且深邃
但我有承諾要遵守。

"Stopping by Woods on a Snowy Evening"
〈雪夜中林外駐足〉
Robert Frost 羅伯特‧佛洛斯特

⊠ **woods** 樹林

in the woods 意為「在樹林或森林裡」。

⊠ **lovely** 迷人的，可愛的

這裡指樹林深邃、神祕，充滿迷人的氣息。lovely也可以
形容人或物。

例：She is a lovely girl.

（她是個可愛的女孩。）

⊠ **keep promises** 履行或遵守承諾

如哲學家尼采所說的：One must have a good memory to
be able to keep the promises that one makes.（我們必須有
好記性，才能遵守所做的承諾。）

　　本句出自美國詩人佛洛斯特（Robert Frost, 1874-1963）的一首詩〈雪夜中林外駐足〉（"Stopping by Woods on a Snowy Evening"）的最後一段。Frost的知名度大概僅次於惠特曼（Walt Whitman），相當為台灣讀者所熟悉。他的"The Road Not Taken"經常被選入台灣高中英文讀本。佛洛斯特是美國田園詩人的代表，他的詩走入鄉村，描述許多田園風光（rural landscape），建構鄉下美好的世界。他也經常從田園生活中，悟出人生的道理。

　　這首〈雪夜中林外駐足〉一開始詩人以自己的觀點提到在深夜下雪時，來到森林外，看著深邃、美麗的樹林，不自覺地想要停下來休息。此處，森林代表神祕的誘惑，讓他想要休息停頓。詩人的森林代表死亡、解脫，人生有時過得很辛苦，面臨世俗的考驗或折磨，常常想要逃避，想要進入那個迷人、黑暗、深邃的死亡境界（The Woods are lovely, dark and deep.）。

　　但是面對死亡與生命的抉擇時，詩人提醒自己："I have promises to keep."（我還有承諾要遵守），最後詩人說："And miles to go before I sleep[1] / And miles to go before I sleep."（在沉睡之前，人生還有很多路要走）。人生中有些值得留戀的地方，我們所需要的其實只是稍作休息、偶爾喘氣，千萬勿忘人生還是得要盡責，必須繼續走下去，直到死亡真正來臨的那一刻。

　　現代人生活在緊張、焦慮的環境中，面對各種不同的

---

[1] sleep 在此指「死亡」。

壓力：學生面對升學考試的壓力；年輕人面對就業、感情的衝擊；成年人面對家庭與社會的多重壓力，常常想要尋求解脫。一些年輕學子受到挫折，就會以死亡或麻醉自己（使用毒品、酒精等）的方式來逃避現實。然而我們生活在這個世上，不是只有自己，也要想對於自己或周遭親人、愛你的人，仍有很多承諾或責任要承擔，不是一句「對不起」，就可以輕易地放棄生命、放棄自我。死亡或許是個很強烈的誘惑，但是生命所賦予的 promises（承諾），才是我們必須去面對的！

生命存在有其意義，每個人應該去尋找自己人生中的承諾：Keep promises to yourself and to the people who love you.（對自己和愛你的人遵守承諾。）

95.

❦

{ "The world, that understandable
and lawful world, was slipping
away." }

那個世界，那個可理解、有法律的世界，漸漸流
失了。

Lord of the Flies 《蒼蠅王》
William Golding　威廉・高汀

※ **understandable** 可理解的

例：It is understandable that we all wish to remain young.
（大家都想要保持年輕，是可以理解的。）

※ **lawful** 合法的、有法治的

例：The police need a warrant to conduct a lawful search of the property.
（警察得有搜索票才能合法搜索房子。）

※ **slip away** 流失、漸漸消失

例：The spring just slipped away unobserved in the growing heat of the day.
（春天，在白天漸增的熱氣中，不知不覺，漸漸消失。）

本句出自英國作家威廉・高汀（William Golding，1911
-1993）最有名的一本寓言小說《蒼蠅王》（1954）。故事
敘述一群英國男孩，在飛機失事後，困在孤島後，自我求
生，又如何陷入暴力與相殘的過程。作者將孤島當成人性的
實驗室，當純真的人類（innocent humans，以十歲上下的男
孩為樣本），暴露在無助與恐懼之下，會發展出怎樣的心態
與行為：是理性、富同情心、互助？或暴力、野蠻、自私？

　　這是一本僅次於《麥田捕手》（Catcher in the Rye，美
國高中指定閱讀的一本小說。書中的兩個主角Ralph與　Jack
代表兩種不同的人性發展。Ralph領導的小孩，企圖維持文
明社會的次序與共同目標，而Jack所領導的獵人（hunters）
則以武力，強勢取得權力。這是一場文明（服從規矩、遵守
道德規範、與行為合法）與野蠻（醉心權力、自私、鄙視道
德、崇尚暴力）的鬥爭。

　　剛開始，Ralph透過手上的貝殼號角（conchshell），取
得主導，維持文明規範"We began well; we were happy. And
then..."（我們剛開始處的很好，我們很開心。然而……），
而後，恐懼與無助漸漸瀰漫在團體之中"Then people started
getting　frightened."（人們開始害怕）。小說第五章開始，
我們看到Jack所代表的邪惡勢力，利用大家恐懼心態，漸漸
取得主導，也陷入了無理性的暴力行為："The　world,　that
understandable and lawful world, was slipping away."

　　人類在危急或生存的關頭上，往往陷入兩種本性的掙
扎：文明vs.野蠻；次序vs.混亂；理性vs.衝動、法律vs.暴
力。而很多人往往以生存或危機為由，合理化自私與暴力

行為。看看洪仲丘於軍中凌虐致死的事件，這麼多人參與令人無法想像的暴力行為，卻毫無反省，且事後仍不斷湮滅證據。

種種邪惡人性，有如本小說所述，就在這麼一個封閉社會產生。對於喪命的士官來說，那個可以理解的、法治的世界（that understandable and lawful world），竟然在軍中消失（slipping away）。難道William Golding所寓言的那個殘暴且邪惡的勢力，仍然在我們這個社會存在？難道二十一世紀的國軍仍然靠著那群自私、暴力的野蠻獵人（savages）掌控？

小說最後，主角Ralph總算盼到救援，然而他的好友Piggy已死，完全沒有獲救的喜悅，他為喪失天真而哭，他為人類邪惡內心而哭、他為他好友的死亡而哭："Ralph wept for the end of innocence, the darkness of man's heart, and the fall through the air of the true, wise friend called Piggy."

任何人，想要理解封閉團體的行為運作，想要知道暴力如何從這些團體產生，都要好好讀讀《蒼蠅王》！

96.

一句英文看天下

❦

"Yes! Thank God; human feeling is like the mighty rivers that bless the earth: it does not wait for beauty— it flows with resistless force and brings beauty with it."

是的！感謝上天；人類感情有如巨大河流，賜福世間：無須等候美麗降臨——感情無可抵擋地湧現，並帶來了美麗。

Adam Bede《亞當‧比德》
George Eliot 喬治‧愛略特

☒ **bless** 祝福、照拂、眷顧

例：The priest asked all of us to bless the couple and their love to each other.

（牧師希望所有人祝福這對夫妻及他們彼此的愛。）

☒ **flow** 流動、洋溢

例：Our heart flows with gratefulness to the teachers.

（我們內心洋溢著對老師的感恩。）

☒ **resistless** 難以抵擋

例：With his resistless smile, he charms all the guests in the party.

（他令人難以招架的微笑，迷倒了宴會中所有的賓客。）

　　這句話出自十九世紀英國女作家喬治·愛略特（George Eliot，1819-1880, 本名 Mary Ann Evans）在 1859年所出版的小說《亞當·比德》（*Adam Bede*）。故事圍繞在兩對男女互相糾葛的四角關係上。故事中的男主角亞當·比德（Adam Bede）是個鄉村木匠，他愛上了美麗卻自私的海蒂（Hetty）。但海蒂為追求富裕生活與虛榮，迷上多情卻不負責任的亞瑟·多尼松上尉（Captain Arthur Donnithorne）。在亞瑟遠離後，海蒂才同意嫁給亞當。

　　然而海蒂發現自己懷孕，但卻找不到亞瑟，最後產下一子，遺棄自己的孩子，造成嬰兒死亡，以致最後被控謀殺。這是真實故事改編，故事根據的是作者愛略特根據她阿姨轉述一位監獄女子殺死嬰兒的悲慘故事。故事主人翁亞當，最後終於認清美麗只是外表，只有內心存有感情，那種美麗才能持續。最後，他在另一位女性Dinah身上，找到了感情與美麗並存的高貴情操。

　　作者在本小說的第十七章中，暫停了一下故事（"In Which the Story Pauses a Little"），來討論夫妻及男女感情與外表問題。她發現很多外表平庸的男女，這輩子可能很難找到美女俊男當伴侶，也很難受到美女俊男的青睞。但是，上天是公平的，有時那些外表平庸的女性卻有多人愛慕，也很受小孩喜歡。她說："Yes! Thank God; human feeling is like the mighty rivers that bless the earth: it does not wait for beauty—it flows with resistless force and brings beauty with it."（是的！感謝上天；人類感情有如巨大河流，賜福世間：無須等候美麗降臨——感情無可抵擋地湧現，並帶來了美麗。）

　　一般人都很羨慕有美麗的外表，可以受到大家喜歡。誠然，美麗的外表，在第一眼，很容易贏得美好印象。漂亮女生或英俊男士，也經常可以快速獲得異性青睞或在職場比較吃香。然而，在美麗外表下面，那種人類真摯感情更加重要，它有如那照拂大地的河川般，可以帶來更美麗的幸福。若沒有感情，自私驕縱的美女或勢利無情的俊男，只是一群可悲動物，也更令人討厭！

　　大家別急著整形美容或修飾外表，先培養豐富情感，真心待人，才能散發真正的美麗。「美麗是短暫的，醜陋也不是永遠的！」

97.

一句英文看天下

"And yet in our world everybody thinks of changing the humanity, and nobody thinks of changing himself."

然而,在我們這個世界上,每個人都想到改變人類,沒有人想到改變自己。

"Three Methods of Reform" in *Pamphlets*《小冊子》

Leo Tolstoy　烈夫‧托爾思泰

☒ **think of** 想到；想起

例：It is impossible to think of my sick grandmother without shedding tears.

（我一想到生病的祖母，就會流淚。）

☒ **change** 改變

例：Jenny's life changed completely when she began to run her own coffee shop.

（自從 Jenny 開始經營自己的咖啡廳後，她的人生就完全改變了。）

☒ **humanity** 人性、人道行為（此處指人類）

例：The invention will be of benefit to all humanity.

（這發明對全人類都有益。）

這句話出自俄國大文豪托爾思泰（Leo Tolstoy，1828-1910）的散文集英文翻譯本《小冊子》（*Pamphlets*）。Mark A. Bryan 在其《藝術家的作風》（*Artist's Way at Work*）一書中，也引用類似的話，但英文略有不同："Everyone thinks of changing the world, but no one thinks of changing himself."（每人都想到改變世界，然而，沒有人想到改變自己。）

托爾斯泰被認為寫實小說的大師，其《戰爭與和平》及《安娜卡列萊娜》被喻為十九世紀最偉大的小說。面對俄國在十九世紀末的轉型，托爾斯泰雖出身貴族，但從道德良心出發，主張改革及非暴力，影響印度甘地甚深。

在這本 *Pamphlets* 中他論及革命，他認為改革要永存只有出自人心，是種道德改革（a moral revolution），也就是 "regeneration of the inner man"（內心的再生）。大家都想改變別人、改變外在、改變世界，但是沒有人想到自己要先改變（"Nobody thinks of changing himself."）。

台灣社會上充滿許多這種非常弔詭的現象。很多人都希望教育改革，但太多父母或社會人士仍相信文憑主義、考試主義；很多人都希望國家社會有法治或規矩，但很多人還是希望講人情、論關係；很多人都希望改變自己的關係，跟家人、朋友、同事相處好些，但是還是堅持自己的個性與作風，希望別人改變；很多人都希望食品安全、健康，但是卻不改變自己的飲食與購買習慣。

一切改變都從自己做起！改變自己，才能改變外在環境、改變別人。別期望改變家人，自己先改變；別期望改革公司,老闆你自己先改變;別期望十二年國教如你所願,老師不改變教法、家長不改變追求明星學校、大家不改變文憑至上的觀念,教育改革永遠不會成功;兩黨領導者想要去改變別人,創造歷史地位,但是自己心態不調整,永遠認為自己是對的,改變要如何發生呢?個人也是如此,別期望可以改變外在經濟環境,不如好好增強自己多元的競爭力,調整心態,先從基層做起,一切都會開始改變的!

98.

{ "You can wipe out an entire generation, you can burn their homes to the ground, and somehow they'll still find their way back." }

你可以抹殺整個世代，也可以燒毀他們房子，但是他們總會找到路回來。

Monuments Men《大尋寶家》

☒ **wipe out** 掃除、消滅

例：The government was determined to wipe out illiteracy by the end of this year.

（政府決心在今年結束前掃除文盲的現象。）

☒ **generation** 世代（一世代大約30年）

例：The young poet has long been considered the voice of his generation.

（這位年輕詩人一直以來被視為其世代的發言人。）

　　這句話出自2014年由喬治‧克隆尼（George Clooney）所導演的一部由美、德共同合作的電影《大尋寶家》（*The Monuments Men*）。故事敘述在二次大戰中，同盟國（The Allies）由藝術史學家法蘭克‧史托克Frank Stokes（由喬治‧克隆尼飾演）率領一群博物館學者、歷史學家及藝術家，配合軍隊進入納粹德國，搶救希特勒所掠奪的歐洲各國藝術品。故事改編自羅伯特M.艾沙爾（Robert M. Edsel，1956-）所著的《大尋寶家：同盟英雄、納粹小偷及史上最偉大尋寶》一書。

　　這部以二次大戰為背景的電影，並非傳統的戰爭片。該片以這些中年人執著於藝術的保存及對自己的努力與信心為重心。強調保存古物與藝術作品是多麼重要的時候："You can wipe out an entire generation, you can burn their homes to the ground, and somehow they'll still find their way back. But if you destroy their history, you destroy their achievements, then it's as if they never existed. That's what Hitler wants, and that's exactly what we're fighting for."（你可以抹殺整個世代，也可以燒毀他們的房子，但是他們總會找到路回來。但是如果你摧毀他們歷史，摧毀他們成就，彷彿他們不曾存在過。這就是希特勒要的，這也就是我們要奮戰的。）世代可以找回，家園可以重建，但是歷史與藝術成就失去後，就好像整個根被拔除，文明的軌跡也就此消失了。

　　整部電影節奏緊張、表演誇張，除了強調保存藝術歷史的重要性之外，重點全落在於這些中年業餘軍人的堅持與投入。盡管他們年紀與體力不適合任何軍事活動，但仍堅持自己理念，做最後的努力。

人類的堅持與韌性，才是整部電影與小說值得回味的地方。尤其當這個尋寶團隊的領導法蘭克說了這句話，我們可以看到，人類在各種苦難考驗中，那種不服輸、且能繼續找尋出路的毅力。猶太人歷經多個世紀的流浪，最後終於找到他們回家的路，這就是一個很好的例子。

在台灣，很多人擔心各種社會或政治的紛亂，及外在經濟及國際政治的變化，會讓我們失去現有一切。然而生命總會找到自己的出路（"They'll still find their way back"），這一切紛亂不會抹殺所有我們過去或現在努力的成果。看看台灣歷經各種不同歷史及政治體制的改變，從明清朝代、日本殖民到現今民主制度的雜音，很多世代犧牲了、文物或古蹟被破壞了，但是只要我們堅持，不否定過去的歷史與前人成就，一定會找到重建或復甦的方法與道路。

個人也是如此，雖然現在你可能經濟或工作狀況不好；家庭、婚姻有些挫折；感情或人生陷入低潮，但是不用擔心，只要你能夠肯定自己過去努力，不放棄，堅持自己一些理想，總會找回自己的路（You'll find your way back.）。

"You choose losers because that's what you think you deserve and that's why you'll never have a better life."

你選擇失敗者，因為你認為你就只能這樣，這就是為何你永遠無法過好一點的生活。

Blue Jasmine《藍色茉莉》

☒ **loser** 失敗者

　例：Losers never look on the bright side.

　　（失敗者不會正面看事情。）

☒ **deserve** 值得

　例：You deserve a long vacation after all that hard work.

　　（辛苦工作那麼久，你該度個長假。）

　　這句話出自2013年美國鬼才導演伍迪・亞倫（Woody Allen，1935-）所編寫及導演的電影《藍色茉莉》（*Blue Jasmine*）。這部電影承襲伍迪・亞倫的風格，以都會女性的內心世界為探討重點。女主角茉莉（Jasmine，凱特・布蘭琪Cate Blanchet飾演）在丈夫死亡破產後，從繁華的紐約上流社會來到舊金山投靠妹妹金吉（Ginger，莎莉・霍金斯Sally Hawkins 飾演）。此劇有如當代版的《慾望街車》（*A Streetcar Named Desire*），描寫落魄的貴婦，無法面對現實的生活。略帶神經質、沈溺在自己的世界，寫實地點出現代人破碎、毫無目標的生活。凱特布蘭琪的演技精湛，獲得2014年奧斯卡最佳女主角。

　　電影一開始，茉莉搭著飛機準備來到舊金山投靠妹妹。姊妹倆從小就過著不同的生活，姊姊茉莉迷人的外表及不凡的品味，對男人有種致命的吸引力，妹妹則是平實生活，對自我的期望不高。因此，姊姊茉莉嫁給了有錢的紐約投資客，妹妹金吉則在舊金山跟著藍領階級的先生。然而，虛無的上流生活總有幻滅的一天，茉莉發現先生是個詐騙客最後淪落到自殺，使她不得不回到現實生活。整部電影在回憶與現實中交叉，在紙醉金迷與勞力生活中擺盪。到底那種生活比較值得回味？哪種生活比較值得肯定？茉莉不願從虛幻的生活醒過來，也永遠生活在自己的謊言中，不願面對現實，每次有人要提醒她過真實的人生，她總是說："Can you please not fight in here? I don't think I can take it."（拜託你們別在這吵架，我無法承受。）

　　不願面對問題，也不願離開自己的防護罩，茉莉只能一天過一天地欺騙自己，然而，在現實生活的金吉顯然也過得不好。對自己期望不高，困在自卑與無止盡的自我放棄心態中。在一次的姊妹爭吵中，茉莉對她說了這句話："You choose losers because that's what you think you deserve and that's why you'll never have a better life." 茉莉其實沒有條件來指責妹妹。然而，她的真誠與坦白，也直接點出了另一種人生的困境：一般人陷在永無止盡的怨嘆或生活困境中，是否自己選擇了失敗那一面，不敢奢望自己有更好的人生呢？

社會上，很多人出生貧困或在不好的環境長大，但卻能追求自己的理想，所謂的 "aim high"（目標遠大），這種想法可以激勵一個人，漸漸脫離困境。但是，反觀某些人，自認出身不好，條件不好，自我設限，永遠找到失敗的藉口，也永遠認為自己配不上比自己好的人，這種自我放棄、自我貶低的價值觀，造就了失敗人生。

兩種不同的生活觀造就兩種不同的人生：茉莉的虛榮與幻覺，讓她永遠無法面對現實生活；而金吉的自我貶抑，也逼迫她在自己的困境中打轉。電影最後，活在虛幻中的茉莉流落街頭，而認清自我的金吉則回到關心她的男友身邊。或許伍迪‧亞倫在二十一世紀的社會要挑戰我們現代人的生活觀，面對現實還是屈服現實？

100.

一句英文看天下

❧

> "You have the grand gift of silence, Watson; it makes you quite invaluable as a companion."

華生，你天生就有沉默的美德，這讓你成為極為珍貴的夥伴。

Sherlock Holmes: a Game of Shadows
《福爾摩斯2：詭影遊戲》

🗌 **grand gift** 了不起的能力

通常gift指能力是天生的，福爾摩斯說這句話有點在嘲諷華生，字面上看來是說這種沉默的能力很了不起，也是與生俱來的，實則暗諷華生能力不足，所以不講話其實也是一種了不起的（grand）特質。

🗌 **invaluable** 無價的

指任何事物，無法評估其價值，極為珍貴。

🗌 **companion** 夥伴

常常跟隨在一起或工作的人都可以稱作companion。
與friend（朋友）略有不同。

　　十九世紀末期的小說《福爾摩斯》，充滿懸疑與偵探推理的樂趣。其中神奇偵探福爾摩斯經常很幽默地點出人生的哲理與西方文化的一些特質。2009年由小勞伯道尼和裘德洛主演的電影版則再度重現了這些幽默與智慧。

　　2011年的電影《福爾摩斯2：詭影遊戲》（*Sherlock Holmes: A Game of Shadows*）是這系列電影的第二集，延續這種幽默與懸疑融合的絕佳場景。福爾摩斯面對另一場犯罪天才莫里亞蒂教授（Professor Moriarty）的恐怖攻擊行動，仍然維持其從容不迫與幽默機智。在電影中，福爾摩斯展現過人的冷靜與絕佳的才智，如評論一場恐怖攻擊行動，他說："What better place to start a war than a peace summit?"（有哪個地方比和平高峰會議，更適合啟動一場戰爭？）戰爭與和平的用詞對比，點出了這個世界中，混亂與次序的雙重本質。

　　福爾摩斯的這種幽默與機智，也展現在與其夥伴華生醫師（Dr. Watson）的相處。儘管華生經常未能進入狀況，但是擁有這樣「忠誠的」朋友，未嘗不是一件好事！他對華生說："You have the grand gift of silence, Watson; it makes you quite invaluable as a companion."（你之所以是個很有價值的朋友，是因為你具有絕佳的沈默功夫。）

　　有時我們需要好朋友（companion），但是好朋友有時並非一直給你一些建議或協助的人。有時靜靜地傾聽，保持沈默（silence）反而是扮演好友（companion）的重要條件。現代人充滿牢騷，經常需要找人訴苦，找到一個可以傾聽的好朋友，還真是不容易啊！偉大的福爾摩斯，儘管機智

過人也充滿活力，他內心是孤單的，還真需要有個好夥伴能
靜靜地聽他說話。任何英雄或卓越人士，不管是政治領導人
或企業大亨，總是想要有人能了解他，有人能分享那種成功
的喜悅，那個傾聽的人，不論是紅粉知己或親信好友，都是
不可或缺的角色。

　　不過華生的沈默，從福爾摩斯的觀點來看，其實是「沒
能力」的優點，所以最好保持沈默，不要講話，才是好夥伴
（invaluable companion）。

　　此句話有點嘲諷，也蠻有道理。下次碰到有個朋友天
生愛血拼，可以利用相同的話來幽默一下："You have the
grand gift of shopping; it makes you quite invaluable as a
customer to any department store!"

Index 1 單字索引

Index 2 分類索引

小說

戲劇

名人佳句

歌曲

編號	出處	作者
2	"Fighter"〈鬥士〉	Christina Aguilera 克莉絲汀・阿奎萊拉
51	"That's the Way It Is" 〈就是這樣的方式〉	Celine Dion 席琳・狄翁
87	"The Price We Pay" 〈我們付出的代價〉	搖滾樂團 Heaven's Basement 「地下天堂」
91	"Just the Way You Are"〈就是你原本的 樣子〉	Bruno Mars 布魯諾・馬爾斯

音樂劇

編號	出處	作者
34	*Miss Saigon*《西貢小姐》	Claude-Michel Schonberg 克勞德-米謝・荀伯格、 Alain Boublil 亞倫・鮑理爾
52	*Love Never Dies* 《歌劇魅影 2：愛無止盡》	Andrew Lloyd Webb 安德烈・洛依・韋伯
78	"The Impossible Dream"〈不可能的夢〉 (*Man of La Mancha*《夢幻騎士》主題 曲，改編自《唐吉訶德》小說)	

電影

Linking English
一句英文看天下：閱讀英文小說電影歌曲

2014年7月初版   定價：新臺幣390元
2014年7月初版第二刷
2017年3月二版
2017年10月二版二刷
有著作權‧翻印必究
Printed in Taiwan.

著　　　者	陳	超	明	
叢書編輯	李	芃		
校　　　對	劉	彥	珈	
	林	雅	玲	
封面設計	江	宜	蔚	
內文排版	桂	沐	設	計
	江	宜	蔚	

出　版　者	聯經出版事業股份有限公司	總 編 輯	胡	金	倫
地　　　址	台北市基隆路一段180號4樓	總 經 理	陳	芝	宇
編輯部地址	台北市基隆路一段180號4樓	社　　長	羅	國	俊
叢書主編電話	(02)87876242轉226	發 行 人	林	載	爵
台北聯經書房	台北市新生南路三段94號				
電　話	(02)23620308				
台中分公司	台中市北區崇德路一段198號				
暨門市電話	(04)22312023				
郵政劃撥帳戶	第0100559-3號				
郵撥電話	(02)23620308				
印　刷　者	文聯彩色製版印刷有限公司				
總　經　銷	聯合發行股份有限公司				
發　行　所	新北市新店區寶橋路235巷6弄6號2F				
電　話	(02)29178022				

行政院新聞局出版事業登記證局版臺業字第0130號

本書如有缺頁，破損，倒裝請寄回台北聯經書房更換。　　ISBN　978-957-08-4894-6 (平裝)
聯經網址 http://www.linkingbooks.com.tw
電子信箱 e-mail:linking@udngroup.com

國家圖書館出版品預行編目資料

一句英文看天下：閱讀英文小說電影歌曲
/陳超明著．二版．臺北市．聯經．2017年3月．
440面．13×18.7公分（Linking English）
ISBN 978-957-08-4894-6（平裝）
[2017年10月二版二刷]

1.英語　2.讀本

805.18　　　　　　　　　　　　　106001899